E se o STAND-UP virasse livro?

Jacqueline Rico Coque

E se o STAND-UP virasse livro?

Maurício Meirelles

Ediouro

Editora
Marcia Batista

Capa, projeto gráfico e diagramação
Valter Botosso

Preparação de originais
Ana Kronemberger

Revisão
Masé Sant'Anna
Rita Godoy

CIP-BRASIL. CATALOGAÇÃO NA FONTE
SINDICATO NACIONAL DOS EDITORES DE LIVROS, RJ

M454e Meirelles, Maurício, 1983-
E se o stand-up virasse livro? / Maurício Meirelles. – Rio de Janeiro: Ediouro, 2010.
il.

ISBN 978-85-00-33104-6

1. Teatro brasileiro (Comédia). I. Título.

CDD: 869.92
CDU: 821.134.3(81)-2

Texto estabelecido segundo o Acordo Ortográfico da Língua Portuguesa de 1990, em vigor no Brasil desde 2009.

Rua Nova Jerusalém, 345 – Bonsucesso
Rio de Janeiro – RJ – CEP 21042-235
Tel.: (21) 3882-8200 Fax: (21) 3882-8212 / 3882-8313
www.ediouro.com.br

SUMÁRIO

CENA III – DIZENDO TCHAU

CENA I

BLÁ

BLÁ

BLÁ

apresentação

Olá, meu nome é Maurício Meirelles. Sou comediante, roteirista, redator, publicitário e, agora que terminei essa frase, posso também me considerar um escritor?

Acho que seria muita pretensão da minha parte. Diria que estou apenas tentando me livrar de uma das nossas três missões aqui na Terra. E tô começando justo pela mais difícil: escrever um livro. Afinal "Ter um filho" e "Plantar uma árvore" são moleza. Principalmente a primeira opção que, de tão fácil, me obriga a fazer de tudo para evitar realizá-la.

Mas por que surgiu a ideia de fazer justo um livro sobre stand-up comedy?

Antes de mais nada, você sabe o que é stand-up comedy? Se sabe, pule essa parte em itálico e vá direto à resposta, mais adiante. Se não sabe, primeiro agradeça à Wikipédia, que foi de onde eu copiei a informação. Control C, Control V, na caruda mesmo.

Stand-up comedy *é uma expressão em língua inglesa que se refere a um espetáculo de humor executado por apenas um comediante. O humorista se apresenta geralmente em pé (daí o termo 'stand-up'), sem acessórios, cenários, caracterização, personagem ou o recurso teatral da quarta parede, o que diferencia o stand-up de um monólogo tradicional. Também é chamado de humor de cara limpa, termo usado por alguns comediantes.*

O humorista stand-up não conta piadas conhecidas do público (anedotas). O texto é sempre original, normalmente construído com base em observações do cotidiano. Praticamente qualquer coisa pode ser usada como ingrediente na comédia stand-up.

O estilo é considerado por muitos um dos gêneros mais difíceis de se executar e dominar, talvez porque o artista em cena esteja desarmado, despido de personagens, apresentando suas ideias a respeito das coisas do mundo, e ainda esteja à mercê de uma plateia à qual, com frequência, precisa ajustar rapidamente sua apresentação, de acordo com o humor e gosto específicos da audiência. Ainda, as habilidades necessárias para ser um stand-up comedian são diversas; é frequentemente necessário que se assuma de forma solitária os papéis de escritor, editor, artista, promotor, produtor e técnico, simultaneamente.

Agora respondendo à pergunta. Sou formado em publicidade e cheguei a trabalhar como redator em grandes agências do país. Adoro propaganda, mas chegou um momento em que muitas das coisas que eu queria falar os diretores de marketing não queriam ouvir. Por conta disso, resolvi abrir um blog para extravasar todas as porcarias que pensava no meu dia a dia. O blog fez sucesso e de lá eu fui contratado para ser colunista semanal de um grande portal da internet.

Dali para o stand-up foi um passo. Hoje faço parte, como integrante e convidado, dos melhores shows do gênero no país. E como escrevi muita coisa nesse período, resolvi compilar meus textos de blog/portal e fazer deles um grande show pra você. Sem precisar sair de casa, pegar fila, pagar 10%, correr risco de gripe suína. Ou seja, podemos mesmo considerar este como o primeiro pocket show existente por aí. ☺

Espero que você curta.

Maurício Meirelles

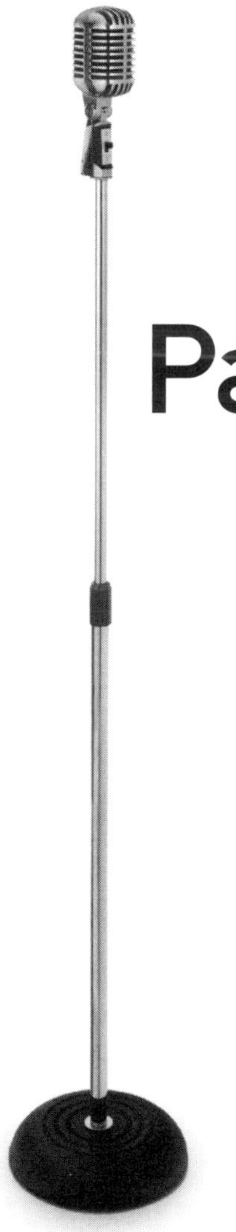

Palhinhas

O show já vai começar. Bom divertimento!

Como eu quero fazer deste um dos melhores shows que você já leu (até porque o formato é inédito), resolvi chamar um grande time de comediantes para me apresentar e dar uma palhinha. Com vocêêêêêêês:

DIOGO PORTUGAL

(humorista/ator)

Maurício Meirelles é sem dúvida um grande talento da nova geração do stand-up comedy. Suas piadas me fazem pensar: "Por que eu não tive essa ideia antes dele? Que filho da puta!" Mas até que pra um publicitário ele não é tão metido, conheço alguns humoristas mais metidos que ele. Ele disse que me considerava uma referência no humor, fiquei feliz com o elogio e em retribuição eu o comi. Não bastou, ele ainda me pediu que eu escrevesse algo a seu respeito, ou ao que sobrou desse respeito. Então aqui vai: Maurício Meirelles tem todas as qualidades necessárias para a comédia; ele é inquieto, atento, exigente e perfeccionista. Consegue extrair tudo de uma piada, às vezes até a sua própria graça!

MARCELO MANSFIELD

(humorista/ator)

Quando me falaram sobre o Maurício Meirelles, eu perguntei: "Mas quem é essa louca???"... só mais tarde, quando ele foi conduzido ao camarim do Clube da Comédia e me foi apresentado formalmente durante a cerimônia do beija-mão, percebi estar diante de um verdadeiro coitado...

Percebi que seu sotaque era fake... Sua postura era deprimente e seu carro era duas portas... ou seja, um caso perdido...

Mas quando ele subiu no palco e começou a metralhar seu texto, até meu saco encolheu... O cara é bom demais!!! Tira proveito de cada respiração e domina uma plateia como um espanhol segura o touro à unha...

Senhoras e senhores, é com muita honra que peço uma salva de palmas para o segundo mais importante MM do stand-up, senhor Maurício Meirelles (nessa hora, entram aplausos... Um assobio ou outro ali... Uma gostosa chorando na terceira fileira e uma grávida segurando um exame de DNA esperando na saída).

MARCELO ADNET

(humorista/apresentador)

Ele é jovem, talentoso e tem um futuro promissor... Robinho!

Mas, como ele não sabe escrever muito bem, lhes apresento um dos melhores comediantes botafoguenses de 1,76m que eu conheci em 2008: Maurício Meirelles!

(humorista/atriz)

NANY PEOPLE

"Se a gente não muda com a Vida... a Vida muda com a gente!"

Maurício Meirelles é a prova disso: Publicitário por formação, mas Humorista de Coração, se reinventou no stand-up... e o CALEIDOSCÓPIO de ideias não parou mais!

Seu olhar "serelepe" de olho no mundo nos faz crer que aqueles neurônios se digladiam intensivamente, exaustivamente e o resultado vem em forma de poesia diluída na crítica mordaz que não deixa nada escapar.

Jovem ou Bonachão, Crítico ou Permissivo, Ácido ou Agridoce, Ativo ou Passivo (ops... falha minha) Ele é Hétero!!! (e não é zigoto)... Ainda bem! rsrsrs

Meirelles sintetiza com maestria os principais requisitos de um Artista da NOVÍSSIMA geração.

Ganha o Humor, ganham os Palcos, ganha o Mercado Editorial!

Preparem a musculatura... seu sorriso vai brotar!

MARCO LUQUE (humorista/apresentador)

O que dizer de um ser humano único?
Se o Mau fosse um playmobil, teria joelhos;
se fosse um Falcon, não teria cicatriz;
se fosse um caranguejo, andaria em todas as direções; e
se fosse uma mulher, eu comeria...
Grande abraço do irmão
Marco Luque.

(apresentador/ator) MARCOS MION

Muitas pessoas escolhem o humor e trabalham como operárias para conseguir criar uma piada. Outros, raros — mas, sim, eles existem —, são escolhidos pelo humor.

Maurício é um deles! É naturalmente engraçado, não se esforça pra ser, parece que ele abre a boca e a piada já está lá.

Enorme talento do humor nacional e, sim, eu já comi.

OSCAR FILHO (humorista/repórter)

Opa! Como você tá? Por que eu fiz essa pergunta? Mesmo que você responda, eu não estarei aí para ouvir. Eu também não posso responder como eu estou, porque quando você estiver lendo eu posso estar com teníase, sei lá... No momento que eu escrevi isso, eu estava em Natal, passando as férias sem documento, porque fui roubado. Como eu não levei lenço, você sabe como eu estava.

Meu nome é Oscar Filho. Sou ator, humorista, repórter e destro. Talvez você me conheça por mais uma sigla entre tantas que já existem e que a gente tem que sair por aí decorando como RG, CPF, ISS, CPI, BBB, CQC... No meu caso é FDP.

Como você já percebeu, o Maurício me convidou para abrir este "show"... Então... só que... Seguinte: o Maurício quer chamar este livro de "show de humor escrito" e eu seria o "mestre de cerimônias". Na verdade, isto é só um livro e eu sou o cara do prefácio.

É a primeira vez que alguém pede pra eu escrever um prefácio... Eu não sou muito exímio nas minhas primeiras vezes. Um bom exemplo é a primeira vez que eu nasci... Nasci de lado, então doeu um pouco pra mim. Imagino então como foi isso pra minha mãe...

Se você leu meu prefácio até aqui, já é uma grande vitória pra mim. Se não, eu estou só falando com a página da frente neste momento.

O prefácio é uma introdução para o livro, por isso tem o prefixo "pre". Será difícil escrevê-lo de forma decente, então "fácio" não fará jus ao sentido da palavra.

Eu já li o livro, é muito bacana. Tem várias páginas e tal... Mas eu fiquei com uma dúvida: por que alguém precisa de uma introdução para o seu livro? Pra mim, a editora exigiu um número de páginas "X" e, para cumprir, o Maurício convidou uns amigos pra escrever só pra encher linguiça.

(Desculpe a interrupção, mas é que o show precisa começar. Se quiser* *continuar a leitura deste incrível depoimento, vá para a página 135.)*

CENA II

O SHOW

INTRODUZINDO. UI!

Receba de pijama, deitado na cama, no ônibus ou no sofá de casa... Maurício Meirelles!

Boa noite a todos. Ou melhor: boa tarde, bom dia, boa Páscoa. Não faço ideia em qual tempo você está lendo esse texto aqui. É o que dá tentar fazer um show de stand-up num formato de livro. Geralmente faço isso num teatro ou bar, o que é ótimo, porque já pego o público bêbado e rindo de tudo. Agora, no caso de um livro, você precisa estar com muitos problemas pra encher a cara antes de ler um. Ou seja, se as piadas não funcionarem, culpe a falta de bebida.

Mas inovar nesse formato também tem lá suas vantagens. Daqui, não consigo ver as pessoas reclamando, interrompendo ou indo embora no meio da apresentação. O máximo que pode acontecer é você cair no sono ou me trocar por alguém que tá na TV. (Humm, pensando bem, até que é meio parecido com as minhas apresentações, sim. Droga.)

Ao mesmo tempo, daqui não consigo ouvir a reação da plateia. Portanto, façamos assim: se a piada for boa, vá me mandando e-mails com as risadas (eseostandupvirasselivro@gmail.com).

Se for ruim, dê o livro de presente no próximo amigo-oculto. Todo mundo faz isso. É supernatural. Inclusive acho que as livrarias já podiam até pensar em criar uma sessão Amigo-oculto. Certamente ia ser muito mais prático na hora de presentear alguém. Diz muito mais do que apenas Drama, Comédia, Suspense. Com o tempo, podiam até organizar outras sessões, sempre relacionadas a alguns motivos da compra de um livro:

- **Sessão Aniversários de Chefes;**
- **Sessão Impressionar Gostosas;**
- **Sessão Faculdade Obrigou;**
- **Sessão Aniversário de 10 anos de namoro e não sei mais o que dar de presente.**

Eu particularmente gosto muito de livrarias. Não pelo lado cult, intelectual ou qualquer coisa do gênero, muito pelo contrário. Sou daqueles caras que entram numa livraria para o simples ato de folhear revistas. Principalmente as que têm um aviso em fonte 32 BOLD escrito:

Favor não folhear.

Não sei por que, mas aquilo, pra mim, é instigante. A revista ali totalmente aberta, cheirando à máquina de impressão. Me sinto desafiado. Parece que fazem de propósito. É quase como estar diante de cinco metros de plástico bolha e escrito: **"NÃO APERTE"**.

Como eu posso saber se a revista é legal ou não só julgando a capa? Não são os próprios donos de livraria que vivem dizendo que não se deve fazer isso com os livros? Eu hein. Então peça para o mundo parar de produzir manchetes instigantes como **"POLÍTICO É FLAGRADO COM MILHÕES NA CUECA"**. Troque por **"Integrante do Fat Family de biquíni no Arpoador"** que ninguém nem chega perto das revistas. Nem precisaria desse aviso estúpido.

Mesmo assim, uma livraria consegue ser um ímã eficiente. Principalmente quando ela está localizada num shopping e você está acompanhado de uma mulher. Quantas vezes uma livraria não salvou casamentos? Enquanto a mulher entrava nas lojas de roupas, o homem se refugiava entre os livros e as revistas, deixando a amada à vontade com suas "provadas" de roupa. Nada como estar longe na hora em que surge o desejo de usar um cartão de crédito.

E foi numa dessas situações que entrei numa livraria, tomei bronca por folhear uma revista e, como não tinha mais nada pra fazer, fui conhecer alguns livros de autoajuda.

Deus do céu, como aquilo consegue altas vendagens? Só de best-seller tinha uns cinco com títulos do tipo **"VOCÊ CONSEGUE"**, **"A FÓRMULA**

DO SUCESSO" e **"COMO CHEGAR LÁ"**. Até o livro da Bruna Surfistinha tinha saído da lista para dar lugar a um desse tipo. E olha que, sim, o livro da Surfistinha é o único dali que representaria bem o estilo autoajuda, se é que vocês me entendem.

Aliás, nem esse livro representaria. Veja pelo nome: autoajuda. Se é auto, significa que quem deveria escrever era o próprio leitor e não um qualquer, o certo era vir um caderninho com um lápis. Conforme você vai escrevendo, vai se ajudando, melhorando seus defeitos e tal. Isso seria um autoajuda autêntico. O que não deixa de ser uma ironia, porque é mais ou menos essa a realidade: não é você quem escreve, mas bem que poderia, porque qualquer um consegue escrever autoajuda.

Repare em exemplos de coisas que são ditas, criadas pelo novo mestre da autoajuda. Ou seja, eu mesmo.

Frase para quem perdeu o emprego:

• Não julgue sua vida por uma decepção. Seja confiante e o retorno será imediato.

Frase para quem perdeu o amor da vida:

• Antes de amar o outro, ame a si mesmo. Lembre-se: o mundo dá voltas.

Frase para quem quer conquistar algo:

• Para as coisas acontecerem de forma positiva, basta pensar positivo. E vice-versa.

A questão é: tem alguém nesse mundo que não sabe disso? Tem alguém que precisa gastar R$ 69,90 do suado dinheiro para saber que é importante ser confiante? Que é importante amar a si próprio? Fico imaginando a reação do leitor:

– Fantástica observação. Sorria mais para ser feliz. Como não pensei nisso antes? Achava que xingar no trânsito era a fórmula. Brilhante.

Qualquer um consegue chegar a esse raciocínio. É o mesmo que dizer que a dica para alcançar o sucesso na empresa é trabalhar. Vai dizer que é com sorte? Estão aí algumas apresentadoras de TV que não me deixam mentir.

Alguns até tentam justificar os milhões de dólares falando a mesma coisa, só que de forma rebuscada. Usam, então, a metáfora, a mais eficiente ferramenta do mundo business. Surgem coisas lindas, filosóficas, perfeitas para slides de powerpoint e... que não querem dizer NADA. Exemplos que eu acabei de criar:

• De que adianta dispor das melhores flechas se nenhuma delas é capaz de acertar o alvo?
• Antes de descer a montanha, lembre-se: você precisou escalá-la para chegar até ali.
• Ninguém fisgaria o peixe sem isca. Mas antes é preciso um anzol.

Quer ver como funciona? Leia novamente as mesmas frases, mas pensando em temas como emprego, relacionamento, amizade. Pronto, ficar rico tá mais fácil que ganhar na Sena. Pensando bem, acho que entendi o porquê do autoajuda: o escritor lança livros para se autoajudar. Daí, rico desse jeito, fica fácil mostrar a fórmula do sucesso. Só pode.

Claro que isso não é válido para todos os escritores. Só para os charlatões. Tipo eu aqui. Ou também alguns redatores de revistas femininas, que há anos entram numa redação só para apertar CTRL C, CTRL V nas edições.

AS REVISTAS FEMININAS

Poxa, todos sabem que o mundo de hoje é feito de informação. Internet, iPod, Youtube, Orkut, clonagem, HIV, depressão, Twitter, Bovespa, Nasdaq.

Muitas coisas novas rolaram no planeta nessa última década e ocupam diariamente quase todas as capas de revistas e jornais. Todas, exceto as capas das revistas femininas.

Pare e pense: quando foi a última vez que você passou perto de uma banca de jornal e não viu a mensagem SEXO na capa de uma revista assim? Sexo, transa, sensualidade, picante. Nem no especial Dia das Crianças você ficou sem ver essas palavrinhas. E num mundo que fala de tanta novidade, é impressionante como a coisa mais antiga do mundo ainda consegue ser capa de revista há tantos anos.

Não que eu seja contra e tal. Aliás, eu sou brasileiro, e carioca. Ou seja, tô acostumado e adoro o tema. O que me intriga é como esse assunto ainda consegue ser variado. Sexo é sexo e ponto final. Não mudou muito nos últimos 200 anos. Não precisa de manual, páginas de reportagem, guias e mais guias. No máximo, uma ajudinha de como apimentar a relação uma vez ou outra e tal. Mas não 12 meses de matéria por, sei lá eu, 15 anos seguidos. Nas minhas contas são quase 150 meses falando de sexo. Será que o sexo das revistas femininas já não tá começando a cair na rotina?

Capa de dezembro:

• 50 posições que vão deixar seu homem louco.

Capa de janeiro:

• Mais 50 posições especiais para apimentar a relação.

Capa de fevereiro:

• Agora com mais 100 posições sexuais. Afinal, é Carnaval.

Como alguém consegue criar tantas posições sexuais assim, meu Deus? Daqui a pouco o Kama Sutra processa por plágio. De duas, uma: ou as posições são repetidas de um mês pro outro ou a galera fica brincando de LEGO na redação.

– "Será que ela deitada de bruços e ele também, ao lado dela... Rola um encaixe?"

– "Bom, aqui tem um ponto de intersecção. Se colocar aqui, dá, tá vendo?"

– "Verdade. Põe na revista. E os dois em pé com o braço pra baixo? Tem jeito?"

Como conseguem fazer tantas posições? Eu conheço algumas legais e tal, mas juro que minha parceira ficaria entediada com nossa tentativa de ficar mudando o tempo todo. Quer mudar de posição toda hora, vai transar no Evolution do Playcenter.

Aí o que acontece? Chega um momento que até eles se enchem do mesmo assunto e resolvem inovar. Para diferenciar um pouco, né?

Brasil perde a Copa do Mundo. Tema da revista:

• **Seu amor está triste? Capriche no sexo tântrico.**

PT conquista o poder. Tema:

• **Lingeries vermelhas que vão deixar seu comunista louquinho.**

Clonagem humana. Tema:

• **Sexo a três? Com a clonagem você poderá fazer com oito.**

Caos aéreo rolando. Tema:

100 dicas de sexo oral pra relaxar.

Aliás, nunca entendi isso. Que mulher precisa de 100 dicas? Como seria isso?

Dica 1: abra o zíper
Dica 2: vai
Dica 3: volta
Dica 4: vai
Dica 5: volta
(...)
Dica 98: corre
Dica 99: corre
Dica 100: correeeeeeeeee.

E por que essas revistas invadem os consultórios médicos, cabeleireiros, dentistas? Fica estranho ouvir um "Abre a boca" depois de 20 minutos lendo sobre... ah, você entendeu.

Ter revista de mulher pelada no barbeiro eu até entendo. É estratégia pro cara voltar. Ele tá com a revista aberta e pensando:

"Caraca, não faz nem dois minutos que meu visual tá mudando e já tem uma mulher abrindo as pernas pra mim. Vou voltar sempre aqui."

Se bem que, dependendo do consultório, é uma bênção quando você encontra esse tipo de revista. Chega até a ser luxo encontrar uma no meio daquelas sobre cirurgia, aparelhos de raios X e o que há de melhor no mundo da medicina. Certeza de que o médico ganha a revista em casa e leva pro consultório. Ou seja, se nem ele é interessado naquilo, por que eu seria???

Outro dia vi uma revista feminina numa dessas salas de espera de pronto-socorro. O bizarro não é a revista, mas sim o local. Se é PRONTO-socorro, não deveria ter sala de ESPERA, ué.

– Boa tarde, acabei de tomar um tiro.
– Aguarde um segundinho naquela sala, senhor.
– Jura???
– Sim, ao lado daquele senhor que está pegando fogo.

Pra fazer jus ao nome, qualquer tipo de enfermidade teria que ser resolvida ali na hora...

– Boa tarde, tô com uma dor de garganta e...
– Cataflam, 12 gotas. Depois das refeições. Próximoooo.
Ou então:
– Tô com anorexia.
– Depois das refeições... tome outras refeições...

Isso sim seria um pronto-socorro. Aliás, SALA de espera também não faz sentido. Um lugar sem janelas, portas, oxigênio, vida. Ou seja, você vai com intuito de curar uma gripe e volta com depressão. O único lado bom desses lugares é a garantia de ter 40 minutos para pensar na sua vida.

"Humm, não sei se caso agora ou vou morar em Miami. Já sei: vou fazer um exame de amídalas. Lá eu decido."

Quando tem TV na salinha, ela fica com o som desligado. Logo, pra que comprar TV? Compra mais revistas que dá no mesmo. Aí quando tem som, tá passando programa de fofoca. Logo, pra que comprar TV? Compra mais revistas de fofocas que também dá no mesmo.

O ÔNIBUS DE VIAGEM

O único lugar em que eu me permito ler qualquer revista é em ônibus de viagem. Nem só revista. Qualquer coisa. Manual de primeiros socorros, bula de remédio, regra do banco imobiliário. Ficar vendo mato numa viagem não tem nada de bom. Mato só é bom se você estiver dentro dele, e acompanhado. De resto, ficar vendo o mato é muito entediante e também pode ser desconfortável. Principalmente quando você erra na escolha.

Explico: optar entre ônibus executivo ou leito realmente é uma das decisões mais complicadas da semana. Sim, da semana. Porque dependendo dela, ou eu fico com dores nas costas a semana inteira ou eu fico sem dinheiro a semana inteira.

Explico novamente: as diferenças entre leito e executivo são duas. Uma é no bolso e a variação chega a ser de quase 45 reais, dependendo do caso. A outra é nas costas e a variação é geralmente de 15 graus de inclinação. Daí vem a pergunta: como assim, 45 reais a mais para tentar dormir um pouquinho mais inclinado? Se é só isso, simbora no executivo. Seria simples assim, se essa fosse a única consequência da diferença. Mas não é, infelizmente.

Se no leito eles prometem de tudo para fazer você dormir, no executivo eles te oferecem exatamente o inverso. É luz acesa o tempo todo, ar gelado soprando na cara de sacanagem, TV ligada com som no máximo. Aquela porcaria ali não é ônibus executivo, é ônibus workaholic. Não tem como você dormir, relaxar, descansar. É pressão o tempo todo. Tá com sede? Esquece água. O que tem é café pra te deixar ligadão. O desespero é tanto que, quando me entregaram jornal no começo da viagem, já pensei que iam anunciar:

– Esse daí é seu banheiro. 

Aliás, caros motoristas de ônibus: por que os senhores cismam em passar os piores filmes nas TVs? Juro que prefiro não ter TV a assistir pela nona vez a *O Pestinha 2*. O que mais me irrita é que é em DVD. Ou seja, a companhia gastou por isso. Podiam muito bem ter ido a qualquer banca de jornal e comprado por R$ 9,90 qualquer filminho de sucesso, lançamento, sei lá. Mas não. Insistem em filmes em que a protagonista era a Dercy na época do colegial. O quesito para escolha dos filmes é simples. Bastam duas coisas: ele já ter passado umas 18 vezes na extinta TV Tupi e conter bastante ação e barulho, porque, caso contrário, o passageiro conseguiria dormir.

Aliás, caros motoristas de ônibus, mais uma pergunta: por que colocar o filme dublado??? Já não basta ser ruim, tem que ser dublado? Nada contra a dublagem, mas a questão é que, sendo dublado, acontecem dois problemas:

1. Mesmo que você tente prestar atenção no filme, fica impossível ouvir tudo, já que o som do motor do ônibus é a trilha sonora do momento.

2. Para remediar isso, o motorista tenta colocar o volume da TV no máximo, assustando pessoas que não imaginavam ouvir explosões durante um cochilo.

Moral da história: temos uma TV com o pior filme do mundo, os passageiros não conseguem ouvir uma fala, porém, quando estão prestes a dormir, escutam perfeitamente todas as explosões e os tiros. Impossível ficar pior? Não creio.

Se tem uma coisa na qual os ônibus interestaduais me impressionam é no quesito proximidade humana. Aliás, antes de casar recomendo que você, noivo, e você, noiva, encarem uma viagem São Paulo-Acre. Isso sim é prova de fogo. Dividir escova de dente, cobertor e contas é fichinha perto de ter que dividir um encosto de braço durante mais de 20 horas. Se no término do processo vocês continuarem juntos, casem.

Por que eles fazem aquele troço tão fino? Se na simulação dos noivos já é potencialmente problemático, imagina quando você não conhece a pessoa ao seu lado? O que fazer? Ganha quem apoiar o braço primeiro? Se essa regra for aplicada, daqui a pouco as pessoas vão chegar mais cedo ao embarque, esperando o ônibus acampadas. Tudo para garantir seu direito ao braço da poltrona.

Se bem que existem algumas táticas básicas de guerrilha para você garantir o seu encosto de braço. A que eu mais gosto é a "Tirou, perdeu". Uma vez que você coloca o braço primeiro, o encosto é seu. Mas descuidou, o outro leva e tá no direito dele. Aí a briga fica bacana. Tudo é válido: provocar coceira no adversário, forçar levemente seu cotovelo, derramar café no colo do oponente e derrubar coisas alheias são algumas das técnicas que utilizo. A mais eficaz ainda é dormir e "sem querer" deixar seu braço invadir o encosto. Mas ela é ineficiente, uma vez que nada no ônibus contribui para você dormir.

No fundo, no fundo, acho que eles fazem tudo isso para você pensar:

"Nossa, no leito eu paguei 45 reais a mais e dormi melhor que no executivo!"

O RESTAURANTE DE BEIRA DE ESTRADA

Mas aí eu também me pergunto: de que adianta economizar esse dinheiro se você vai gastar tudo nos restaurantes de beira de estrada? Por que nesses lugares tudo é tão caro? Seria um boteco de beira de estrada uma espécie de restaurante francês dos caminhoneiros?

– Nossa, Edinanci... o Tião me levou ontem num restaurante caríssimo. Só a água era 3 reais. Comemos dois quibes. Tadinho, tava querendo me impressionar.

Restaurante de beira de estrada é uma espécie de país sem lei, onde cada dono resolve cobrar o que estiver a fim.

– Aqui funciona assim: Toddynho a R$ 6,70. Eu acho que ele vale isso e ponto. Doce de mamão? R$ 9,90. Eu adoro doce de mamão. Tem que ser caro. Eu que mando.

O pior é que você não tem muita opção. Se resolve ir de avião em vez de pegar estrada, paga o dobro pra comer um cachorro-quente.

Por isso, o jeito é abrir a carteira. Geralmente vou naqueles que têm como slogan "Aqui você come de tudo". Realmente, o cardápio parece o Alcorão de tão grande. Tem desde churrasco a frutos do mar, mas não cumpre o que promete com o "Aqui você come de tudo", por um simples motivo: não serve miojo.

Pronto, foi aí que me surgiu uma inquietação. Por que nenhum lugar serve miojo? Por que isso é uma exclusividade caseira? Restaurantes servem água, ovo, açúcar, sal e coisas ainda mais simples do que o despretensioso macarrãozinho japonês. Qual o preconceito? Será que em 200 milhões de pessoas não existe uma que queira comer um miojo sem precisar preparar? Eu gosto, ué. Aliás, não vejo solução melhor do que um miojo pra dar um tapa na minha fome sem demorar muito pra voltar pra estrada. Juro que comecei a matutar a ideia de abrir uma Miojeria.

Já pensou? Ali no menu:

menu

Spaghetti – R$ 18,90

Fettuccine – R$ 21,90

Miojo – R$ 1,50

Certeza de que você não escolheria? Tem gente que come em restaurante pior e paga muito mais que isso. E, mais, este seria o verdadeiro restaurante fast-food, já que miojo fica pronto em três minutos. Fora que o lucro chega fácil aos 100%, já que um saquinho do produto custa geralmente R$ 0,70.

Já até imagino as especialidades.

Miojo a la Crema

Salada de miojo com requeijão

Miojonada mix Camarão/Carne

Ou até mesmo uma versão aos moldes dos restaurantes atuais. Você escolhe a massa e depois os temperos:

– Isso, agora vou querer um pouquinho desse pozinho de carne. Agora um pouquinho desse pó de galinha caipira.

A GALINHA CAIPIRA

Aliás, outra dúvida que me atormenta: sabor galinha caipira. Por acaso existe alguma galinha urbana??? Seria o quê? Miojo de macumba?

Eu, por exemplo, não me canso de andar nos shoppings e ver as galinhas passeando. Outro dia fui ao Centro e vi uma galinha cheirando cola. Eu hein, que raio de galinha não é caipira?

Sei que é um tipo diferente de criação de galinha, mas, sei lá... Custa colocar outro nome? Caipira é tão redundante. Coloca galinha com mutação, galinha alterada, galinha temperada esquisita. Porque, se for por esse raciocínio, o sabor carne também deveria vir como carne caipira, afinal o boi também vem do interior. Já o sabor camarão seria camarão caiçara?

Bom, melhor a galinha caipira. Deve ser uma carne bem mais macia que a urbana, que deve viver estressada. Carne dura, tensa.

– CACETE!!! AMANHÃ TENHO QUE ACORDAR ÀS QUATRO DA MANHÃ PRA CANTAR... NÃO AGUENTO MAIS ESSA ROTINA...

A caipira, não. Fica ali tranquilona. Por isso que morre e vira miojo. Não tem malícia. Nem percebe a movimentação. A galinha urbana deve ser mais esperta. Quando percebe que vai ser abatida, puf, pega um táxi e some.

Já a galinha urbana morre de quê? Infarto. Tanto que você vai numa churrascaria e só encontra o quê? Coração de galinha. Pense nisso.

A CHURRASCARIA

Churrascaria é um lugar muito macabro, né? Uma amiga minha, vegetariana fervorosa, conseguiu me convencer disso um dia desses. Ironicamente, dentro da própria churrascaria, que ela considera ser o melhor lugar para um vegetariano comer.

– Não existe outro lugar que tenha uma mesa de bufê tão farta em saladas.

Pra começo de conversa já acho isso algo muito estranho. Um vegetariano comer em uma churrascaria é mais ou menos como um homem ir ao casamento da ex-mulher. É território inimigo: você não é bem-vindo ali. Não é difícil imaginar o que esse cara vai estar pensando:

"Coitados, acham que a noiva é boazinha. Eu já estive ali e sei que só faz mal. Depois que parei com ela, evoluí muito mais. Sou evoluído agora... Uhauhauha (risada maléfica)."

Enfim, talvez minha amiga tenha uma espécie de plano para converter carnívoros, porque ela conseguiu me deixar mal. Churrascaria rodízio realmente é um lugar cruel. Se pensar bem, as pessoas pagam uma grana pelo simples prazer de comer um ser vivo dilacerado de inúmeras maneiras. Tem pedaço da bunda do boi, pedaço das costas, pedaço da língua, pedaço do pescoço. É o máximo do macabro. Tanto que, há milhões de anos, um cara respeitado era o que comia um ser vivo cru. Ou vai dizer que você imaginava um Neanderthal comendo fondue com petit gâteau? Com guardanapinho no colo.

Pois é, e pra piorar, se não bastasse você escolher que parte do boi comer, você ainda escolhe o jeito ideal: bem-passada, no ponto e malpassada, que em macabrês significa "o mais próximo de um boi vivo com sangue pra todos os lados e um pouquinho do sofrimento... uauaauhauha" (risada maléfica de novo).

Repara, por exemplo, no coração de galinha. Quer coisa mais bisonha? Se você analisar bem, cada pedaço dessa estranha iguaria representa uma galinha morta. Mas, se ali está o coração da galinha, pra onde vai o resto dela? Você não vê garçom te servindo pata ou cabeça de galinha. No máximo um peitinho frito. Ou seja, matam uma galinha inteira para você comer apenas um pedaço. Com o perdão do trocadilho, o dono da churrascaria não tem coração?

Bom, mas pelo menos nesse caso eles te falam claramente o nome: coração de galinha. É direto. Experimenta ou não. Por que não fazem o mesmo com as outras partes? Será que você iria comer?

– Boa tarde, senhor. Aceita banha de boi?
– Senhor... pedacinho de virilha de vaca?

Parece que eles ficam criando disfarce com nomes como picanha, linguiça, maminha, fraldinha. E isso quando eles sabem o que estão servindo. Se você reparar bem, na maioria dos casos, parece que eles nem fazem ideia. Afinal, colocam a carne na sua frente, olham pra você e perguntam:

– Picanha?

Tipo, ele não sabe o que é aquilo e te pede opinião? Dá vontade de responder:

– Pô, acho que é... pelo corte e tal.

Daí ele volta depois, olha pra você e pergunta:

– Linguiça?

Eu responderia:

– PA-RA-BÉNS... acertou... mas essa foi fácil, vai... carninha vermelha, formato diferente.

Enfim, por essas e outras que essa minha amiga perguntou:

– Você não tem dó? Cada vez que você come um pedaço de alcatra ou picanha é como se um animalzinho inocente tivesse morrido.

Pô, fiquei mal, né? Afinal, não quero ser o responsável por matar um boi ou uma vaca. Sou muito do bem. Quero eles vivos, prosperando, embora também queira me alimentar. Daí pensei bem e cheguei a uma conclusão: ela tava mentindo pra mim.

Pensa comigo: se eu comesse cérebro de boi ou coração da vaca, eu teria certeza de que o animal morreu. Mas 200 gramas de um bife? Quem vai garantir pra mim que precisou matar o boi? É só um pedacinho da bunda dele. Não precisa matar o coitado, não. Faz assim: tira uma lasquinha, eu como, e o boi continua vivendo. São só 200 graminhas. Não fazem mal a você e muito menos ao boi. E outra: daqui a pouco o corte estanca e cicatriza, o que geraria carne renovável pra todo mundo. Se algum ambientalista perguntasse por que o boi está com aquele corte, as pessoas poderiam responder:

– Sei lá, acho que o boi caiu do skate.

O RESTAURANTE SELF-SERVICE

Já na minha opinião, não tem melhor lugar para comer bem do que em um restaurante self-service. Um dos motivos é o custo-benefício. Principalmente porque é você quem faz o valor da sua conta, variando de acordo com o peso da comida. Mais do que um processo justo, um processo no qual você ainda sai ganhando. Afinal, restaurante self-service é o único lugar do mundo em que carpaccio de salmão vale menos que croquete, por exemplo. Isso sem falar da variedade de comidas que você encontra por lá. Acredito que cozinheira de self-service deve ser uma das únicas pessoas da Terra que perdem calorias durante o almoço.

Porém, o melhor motivo de todos para estar em um self-service é justamente o fato de você estar em um self-service. Pra começar, ninguém nunca sabe o fluxo certo da fila. Tem sempre um perdido que está na contramão.

Repare só. No mundo todo, as pessoas começam se servindo de salada. No mundo dele, basta se servir do lado oposto de todo mundo. Mas pior que esses aí, só um: aquele que fica ao seu lado esperando você se servir. Cara, como eu odeio esse tipo de gente. Ele faz você se sentir a pior pessoa do planeta.

Você está lá se servindo de alface e o cara ao lado odeia alface. Não vê a hora que você siga logo em frente para ele pegar o que realmente gosta. Daí você começa a se servir de tomate e ele também não gosta muito. Pelo visto ele só se interessa pelo que está lá no final da mesa. E você ali, supostamente empacando a vida do cara. Começam alguns segundos de tensão. Pega batata e ele ali, parado, com prato vazio, apressado. Você até abdica do pepino, para dar mais agilidade para o cara. Chega na parte do arroz, feijão. O cara não esboça reação. Você desiste de pegar o arroz, afinal já tá empacando muito a vida dele. O outro cara, que vive na contramão, resolve aparecer e atrapalhar ainda mais. Você rapidamente se serve de carne. O cara ainda não chegou no que gosta. Você ali empacando. Comida de self-service deve fazer mal pro coração.

Mas o que há de mais constrangedor nisso tudo é que ao se servir em self-service você praticamente expõe sua vida a esse cara que tá do seu lado esperando. Como ele está ali de bobeira, simplesmente repara em toda a sua alimentação. Vira uma espécie de personal. Deve ficar pensando e analisando a cada porção que você serve:

"Feijão, arroz... Vai botar macarrão também? Não!!! Que tipo de maluco é esse cara? Não combina."
"Hummmm, exagerou no carboidrato. Vaca."

E como diria o ditado, você é o que você come. Afinal, a comida diz muito sobre você. Pensa só, você se servindo ao lado de uma gostosa, todo interessado. De repente, ela passa a salada e coloca buchada no prato. Três porções. Você fica ali imaginando como seria a vida dela. A tarde toda indo ao banheiro. Já imagina que ali, embaixo da blusinha, existe um piercing escondido numa pancinha porca.

Outra situação:

Gordão suado de terno pegando só salada e no final uma linguiça. Você já pensa:

• Tem colesterol alto, o médico pediu para ele maneirar senão enfarta. Acha que uma linguiça não vai matar, já que tá comendo salada. Morre até o final de outubro.

Mulher que só pega empadinha, tomatinho, nuggets e qualquer comida que tenha alguma atração. Exemplo: batata smile.

• Infantil, mora com a mãe, namora há dois anos. Virgem.

Homem que vai na lasanha, coloca quatro tipos de carne, bacon, arroz.

• Compulsivo, estressado, fumante. Come pra esquecer os problemas. Casado com mulher frígida.

Pessoa que coloca tomate em cima da alface, feijão em cima do arroz e deixa espaço para a carne.

• Minimalista, perfeccionista, organizado. Deve gostar de cinema iraniano e arte contemporânea. Gay?

Depois ninguém entende por que a maioria dos relacionamentos acaba dentro de um restaurante.

Pelo menos você sai comendo bem.

O AVIÃO

E comida de avião então? Hoje virou motivo de chacota de 11 em cada 10 humoristas. (É que um deles não é humorista, mas virou porque tá na moda.)

Antigamente, comer em avião era quase o motivo da viagem.

– Amor, para esse aniversário de casamento vou te levar lá numa companhia aérea SENSACIONAL. Já reservei duas poltronas pra gente. Vai ter quiche.

Daí, de repente, o conforto foi deixado de lado para dar lugar à economia. Todas as companhias reduziram drasticamente o seu serviço de bordo. Em todos os lugares do mundo. E o pior: justo na minha hora de começar a viajar bastante.

A situação tá tão preta que daqui a pouco até os aviões que transportam ajuda para os refugiados vão jogar amendoim pelo paraquedas.

Juro que queria entender o momento do serviço de bordo. Por que temos aquilo? Eles avisam: "dentro de instantes iniciaremos o nosso serviço de bordo". Fazem você abrir a bandeja, criam uma expectativa. De repente, lá no fundo do avião, vemos um imenso carrinho sendo trazido por três comissárias de bordo. Todas femininas. Ao lado delas, vem um comissário de bordo. Todo feminino. É quase um clipe anos 80. Você até imagina gelo seco na chegada e tudo mais. Eles andam pausadamente, verificam as bandejas abertas, fazem todo um suspense para te entregar uma... Barrinha de cereal.

Por que aquilo tudo??? Precisava acordar você? Me entrega na entrada do avião e pronto. E o pior é que depois eles voltam para buscar o "lixo". Sinceramente?! Me dá a barrinha, me espera comer e já guarda. Não dá nem 14 segundos esse processo. Já que é pra economizar, economiza meu tempo, caramba.

Aliás, que lixo é esse? A embalagem mais um guardanapo. Pra que um guardanapo? Quem precisa se limpar depois de comer uma barrinha de cereal? A pessoa tem que ser muito monga para se lambuzar com aquilo. Talvez seja por isso que as companhias não servem um negócio melhor. Se, teoricamente, você já se "suja" todo com uma barrinha, imagina com uma lasanha?

Dá a impressão que as aeromoças estão fazendo de tudo para se sentirem úteis num serviço de bordo. Claro, senão o que as diferenciaria de um baleiro? Convenhamos, não deve ser muito difícil pra alguém falar:

– Sua barrinha de cereal, senhor. Deseja suco de goiaba ou goiaba light?

E o que mais me deixa impressionado é que a gente sente falta disso tudo. Já reparou no desespero de uma pessoa quando o serviço de bordo passa e ela estava dormindo? A comissária já está duas poltronas à frente e a pessoa fica cutucando, tentando mostrar que ela está ali. Que se esqueceu de abrir a bandeja. Que, por sinal, tem a mesma função do guardanapo. Porque, se você reparar bem, bandeja de avião é o único bandejão do mundo que não tem comida. É quase como um restaurante francês. Por isso o desespero é compreensível. Vai que a aeromoça passa e você não aproveitou a única oportunidade para "comer". O pior é que ela é arredia e dá bronca em você.

– Espere a sua vez. Agora só na volta.

Dá vontade de tirar duas barrinhas do bolso e desdenhar aquela esmola. Poxa, custa esticar o braço? Taí a diferença entre o baleiro e ela. Isso o baleiro nunca recusaria.

Aliás, fica a pergunta: se a ideia é economizar, por que não tirar as bandejas? Sem problema. Eu como lasanha no colo.

Ultimamente, viajar de avião virou um sacrifício. Quem diria. Lembro da época em que era considerado chique, coisa de gente de sucesso, gente que sempre busca dinamismo. Até que as companhias começaram a fazer um milhão de promoções, deixando até gente com galinha embaixo do braço entrar a bordo. Daí pro caos aéreo foi um passo. Hoje, por exemplo, leva-se mais tempo pra fazer uma ponte aérea do que ir de busão.

Antigamente, avião era tão bom que chegou a virar sinônimo de mulher perfeita. Uma mulher-avião era aquela beldade, com tudo que tem direito. Hoje não faz mais sentido algum. Agora, mulher-avião é aquela que se atrasa, não te deixa dormir, só te irrita, vive em crise e, pra piorar, você não come.

E por que mesmo assim as pessoas continuam viajando de avião?

O AEROPORTO

Descobri a resposta um dia desses. Não tem nada a ver com tarifas econômicas, muito menos com a velocidade nas conexões. As pessoas continuam indo aos aeroportos por um simples motivo: a voz pornográfica feminina que sai nos alto-falantes anunciando os voos. Se você tem hormônios, sabe do que eu tô falando:

– Atençãããããããããããããão, senhores passssssssageeeeeeeiruôssss do vôouuuuooooo meiaaaaaaa noveeeeeeeeeeee... Comparecer ao saguãoooooo para o embarqueeeeee.

Não tô brincando. Aquilo é hipnotizante, além de ser o único diferencial em um aeroporto. Se existisse em terminal de ônibus, ia ter nego arriando as calças ali mesmo. Caravanas de pessoas devem economizar dinheiro para viajar de avião só para ouvir aquela voz. Que é bom, não dá pra negar. Acho, inclusive, que essa voz surgiu depois desses atrasos todos. Uma forma de as companhias acalmarem seus clientes.

– Oito horas de atraso? Eu tô é puto. Quer saber? Vou quebrar esse aeroporto.

De repente ele ouve a voz. Como se fosse um canto de sereia. Ele para, sorri e fica olhando pra cima com cara de bobo. Pensando...

"Que voooz... que voooz... vale a pena esperar mais duas horinhas... tem razão... que vooooz. Eu preciso pegar esse voo! Você ouviu só? Deve ter garotas incríveis me esperando."

Só pode ser. Porque, de resto, não encontro motivo para a voz ser tão sensual assim. Acho que a dona da voz deve pensar:

"Meu emprego é só ficar escondidinha, mostrando apenas a voz? Então vou fazer meu melhor para sair rapidinho daqui. Vou ser dubladora de filme pornô, cantora de funk, sei lá. Alguém vai me descobrir."

Ou será que é alguma condição do aeroporto?

Precisa-se de profissional competente.
Mentira, basta ter voz de puta.

Ficou sem emprego quando o Bahamas fechou? Sua voz é de telessexo? Venha falar no alto-falante de Congonhas.

Existe uma espécie de treinamento? De um lado os pilotos treinando em simuladores, em outra sala os controladores de voo com aparelhos de última geração e por fim uma antessala com várias mulheres. A que instigar mais a libido vai para o alto-falante.

– Olá, senhoras. Tô vendo aqui que vocês têm doutorado em Harvard, experiência em aeroportos do mundo inteiro, boa dicção. Muito bom. Mas vamos para a fase final do processo de seleção. Tá vendo aquela banana? Vou colocar o CD do Kenny G e apagar a luz. Fiquem à vontade.

Poxa, não faz sentido. Ninguém fala daquele jeito no mundo real. Não imagino essa mulher pedindo pro marido passar a margarina com essa voz, tampouco reclamando de uma fechada no trânsito. No alto-falante é fácil. Ninguém sabe onde ela fica para resolver logo o problema. Quero ver essa mulher soltar essa vozinha embaixo de um andaime cheio de operário.

Aeroporto tá uma bagunça? Pois é, relaxa e goza. Nunca fez tanto sentido.

AS PROFISSÕES

Falando nisso, estava eu com vários amigos analisando algumas profissões nonsense que existem por aí. Papo vai, papo vem e chegamos a algumas conclusões. Como, por exemplo, a função de um cobrador de ônibus nos tempos modernos.

Antes de mais nada, sabemos que não é nada bacana sair demitindo funcionários por aí porque uma máquina consegue cumprir direitinho a função dele e tal. Desemprego estimula uma série de coisas absurdas etc. etc. etc. Mas há de concordar comigo que deve ser muito chato pro cara saber que ele tá ali na função de "café com leite".

Vejamos o exemplo do cobrador de ônibus em São Paulo. Ele trabalha das 9h às 18h, sentado, lendo uma revista. E só. Acabou sua função. Porque quase 80% da frota paulistana vem com o sistema de bilhete único, em que as pessoas passam seu cartão com uma quantia de crédito, desbloqueando a catraca. E o que o cobrador faz nesse processo todo? Nada. Só olha. Fim. Esse é o trabalho dele: olhar pessoas passando pelas catracas o dia todo. Isso porque a maioria dorme, tamanho é o tédio de ser um "café com leite".

O que inutiliza talvez uma das suas únicas funções remanescentes: avisar ao passageiro a hora de descer no ponto certo. Aliás, já tenho receio de as máquinas começarem a fazer isso.

Outro exemplo: cortador de ingresso de cinema. É inacreditável quando você entra num cinema e repara que existe um funcionário preparado apenas para rasgar o código de barras. Pensa: entrevistaram uma pessoa só para fazer isso. Como era o anúncio?

Procura-se cortador de ingressos de cinema. Requisito: ter duas mãos.

É um dos trabalhos mais tranquilos do mundo. Até porque a jornada é de 20 minutos a cada três horas. Isso se não tiver passando *O Senhor dos*

Anéis, que é praticamente as férias do funcionário. Sempre me pergunto: por que não pegam o moço da pipoca para cortar esse código de barras em vez de contratar um funcionário específico pra isso? Poxa, é muita folga. Além de ser o único serviço que você pode falar numa boa:

– Vou pegar um cineminha e já volto.

Um amigo me deu um excelente exemplo de profissão café com leite: os ascensoristas. Poxa vida, que profissão é essa que você precisa controlar o apertar de botões? É pra garantir que nenhuma criança de seis anos entre num elevador comercial, aperte TODOS os andares e saia correndo? Ou é porque só os ascensoristas sabem fazer você chegar no andar que deseja? São especialistas. Fico com medo de no dia em que tiver uma greve de ascensoristas não saber o que fazer.

– Preciso ir para o 5º andar. O que faço? Será que aperto esse 5 aqui? Hummm, não deve ser tão óbvio. Vou apertar o alarme.

Se só eles sabem fazer isso, por que não colocam um ascensorista do lado de fora também? Um em cada andar para chamar o elevador. Pelo menos iam controlar pessoas que ficam apertando um botão já apertado há dois segundos atrás. Isso sim ia ser útil.

Mas na minha cabeça as profissões mais café com leite ainda são três. As duas primeiras são: o segundo vocalista de banda de axé e a moça da previsão do tempo. O segundo vocalista de banda de axé tá na lista porque ele fica milionário gritando:

"E a barriguinha?"
"Assim tá bom demais"
"Cadê bumbum?"

E só. É uma espécie de personal trainer que não move um músculo. Já a moça da previsão do tempo é porque não acho justo um trabalho que fala de possibilidades e nunca de certezas. Falar que pode chover, até eu falo. É muito fácil trabalhar num lugar em que você não garante nada pra ninguém. Imagina na CIA um funcionário dizendo:

– Chefe, temos possibilidades de receber um ataque mortal. Tem possibilidade de ser agora ou daqui a três meses.

Ou então numa empresa qualquer mesmo.

– Senhor Gerente, fechamos a contabilidade desse mês. Podemos ter 60% de lucro ou a possibilidade de entrarmos em concordata.

Deve ser muito fácil trabalhar assim. Até quando erram, o pessoal perdoa. Afinal, eles culpariam quem? Deus? Fora Ele, qual seria a justificativa para o erro?

– Achei que ia fazer solzão, mas aí apareceu uma frente fria do nada e atrapalhou minha previsão!!!

Mas não seria ele o responsável por saber que essa tal frente fria iria aparecer??? Eu hein.

OS POLÍTICOS

E como não podia deixar de ser, a terceira profissão mais café com leite que existe é realmente a do político. Sei que é clichê, mas não teria como ser diferente: não é pra qualquer um ficar de segunda a quinta-feira, num horário flexível, recebendo mimos, viajando pelo Brasil e, em grande parte do tempo, sem fazer nada. Essa sim é a melhor profissão café com leite. Até porque, além de tudo, é você quem decide seu próprio salário.

Sei que é clichê, mas é pura verdade, ué. Confesso que me divirto com a época de eleições. É prato cheio para qualquer pessoa que queira rir. O único problema é que a gente rindo de tudo geralmente também está fazendo o papel do palhaço. Pelos nossos candidatos você começa a perceber o porquê.

É ex-BBB concorrendo a deputado, cantor de forró concorrendo a vereador, mágico concorrendo à prefeitura (mas só porque faz sumir verba como ninguém). Afinal, o que acontece com a população? Por que votar sempre em celebridades? Às vezes, acho que a qualidade da TV tá tão ruim que esse seria o único jeito de resolver o problema.

– Nossa senhora, esse cantor de forró é uma porcaria. Vou votar nele pra vereador. Quem sabe assim ele some por quatro anos.

E o que me irrita é que ser político hoje em dia virou plano B de muita gente.

– Já fiz minha carreira de cantora, lancei um CD de sucesso, sumi, caí nas drogas, me prostituí, fui presa, fiz quatro filmes pornôs. Não tenho mais nenhum projeto em vista... Taí, vou me candidatar a vereadora.

O pior é que ganha. Com quase cinco vezes mais votos que o segundo colocado. Pra que fazer eleição então? Minha proposta é a seguinte: o cara que é eliminado no paredão do BBB já ocupa um cargo público. Podiam até fazer votações.

– Ligue 0800 xxx para o Daniel Boladão ser vereador ou 0900 xxx para ser deputado federal.

Eu juro que não entendo. Por que eu votaria num cantor sertanejo que está no ostracismo? Se o cara não conseguiu administrar sua própria carreira, será mesmo que é capaz de administrar uma cidade? Pense nisso!

Isso sem falar na quantidade de outros fanfarrões que trabalham como "candidatos". Sim, isso é um trabalho. Acredito que algumas pessoas vivam apenas disso. Tanto que não importa a função. O importante é participar da eleição. Se numa candidatura ele não conseguiu ser vereador, espera dois anos para tentar ser deputado estadual; se não conseguiu ser prefeito, volta como senador. É o mesmo que eu tomar bomba no vestibular pra turismo e tentar ser publicitário. O que importa é estar na faculdade. Ou seja, até antes de virar político o cara já trabalha pouco: só de dois em dois anos.

Engraçado é que em toda eleição você vê os MESMOS candidatos. Ou seja, eles jamais ganham. E continuam. Pior: com os mesmos projetos! Será que o moço não pensa que as pessoas não querem aquilo? Tem gente que encontra umas soluções ridículas para os problemas:

– A solução para São Paulo é o "Aerotrem".

E só. É essa a única proposta. São Paulo não precisa de educação, saneamento, cultura. Só precisa ir da Zona Sul à Zona Oeste em menos de 20 segundos. Chega a ser obsessivo. Vai ver que quando esse candidato era criança, pedia um aviãozinho e a mãe só podia dar um ferrorama. Deu no que deu.

O problema é que o candidato pode até estar certo. São Paulo realmente precisa do "aerotrem". Só que sem querer ele ferrou com tudo. Depois de tanta zoação e chacota em cima do tema, quem é o próximo candidato que vai propor o aerotrem?

Outra coisa: o que faz você votar em um candidato, tirando o fato de ele ser famoso ou distribuir remédio pra população? Porque esses dias eu fui ver o horário eleitoral (mas só porque dizem que é obrigatório) e não consegui entender o diferencial de cada um. É mais ou menos assim:

– Armando Pinto, 1456.
– Josival Silva, 2556.
– Pereira, 2299.

Pronto, é isso. A cara do candidato e o seu número. Só! O que vai me levar a escolhê-lo?

– Olha só: o Armando é candidato. Reconheci ele do Orkut. Vou votar nele.

Ou então:

– Vou votar no Pereira. Claro, pô. O ritmo é em forma de axé. Pereeeeeeeeira, pereeeeeeeeira... Governador pereeeeeeeeeeeira.

Ou ainda pior:

– Nosssaaa... Ele é do povo. Assim como eu. Vou colocá-lo como presidente.

O VESTIBULAR

Voltando às profissões, creio que grande parte da culpa é dos vestibulares. Eles piram a sua cabeça. Obrigam você a passar o fim de ano trancafiado aprendendo coisas válidas para a eternidade, como o Ciclo de Krebs e a Fórmula de Bhaskara. Ricos assuntos que não vão ajudar em nada a vida de um oceanógrafo, por exemplo. Muito pelo contrário. Porque, graças a uma ferramenta que ele nunca vai usar na profissão, é capaz de ficar sem seguir a profissão. É o mesmo que um pedreiro ficar sem trabalho porque não sabe esperanto. Não faz sentido. Por isso que vestibular, pra mim, é uma punição antecipada das porcarias que você vai fazer depois na faculdade.

Aliás, falando nisso, gostaria de entender o que leva uma pessoa a escolher profissões tipo oceanografia. Como assim oceanografia? Não tô discutindo aqui a importância do curso, que acredito ser essencial mesmo, mas como alguém decide fazer oceanografia?

– Joãozinho, o que você quer ser quando crescer?

– Oceanógrafo.

– Ah é? Por essa brincadeirinha de mau gosto você perdeu dois pontos na média final.

Que nem química ambiental. Você consegue visualizar alguém com 16 anos imaginando seguir carreira nisso? Sempre que ele passar por um bosque, falar:

– Tá vendo aquele fertilizante de araucária ali? Rá. Um dia vai ter meu nome.

Poxa, um publicitário se imagina fazendo anúncios, um médico se imagina salvando vidas, um engenheiro se imagina fazendo estradas. Ele se imagina o quê? Criando veneno pra gafanhoto? Pô, a profissão tem que ter um status, vai.

Não que um urologista precise ganhar um troféu por ter ido mais fundo em um exame de próstata. Mas é preciso ter algo que incentive você a levantar cedo todo dia.

Uma profissão que também não sai da minha cabeça é a de técnico de informática. Tirando os profissionais honestos da área, eu diria que muitos são uma espécie de médicos sem ética. Ou seja, estudam uma matéria própria, se especializam nela, são os únicos a saber do assunto, só que usam isso para tirar proveito. Tipo, já que ninguém sabe o que eu sei, mereço ganhar a mais por ser o único a saber.

– Oi, quanto ficou o orçamento?

– 500 reais.

– 500 reais??? Mas eu só pedi para você limpar o mouse.

– Pois é. Mas seu mouse não é compatível com o processador Dual Core. Isso altera os dados BIOS e consequentemente a configuração. Pra isso precisei aumentar a memória RAM e alterar os SCRIPTS para você poder enfim visualizar a linguagem JAVA.

– Ahhhh, tá. Aceita cheque?

Resumindo: não dá pra argumentar. Ele sabe, você não. E como você quer ver suas fotos pornôs logo, o jeito é aceitar. O pior é que só a mão de obra do cara é 100 contos. Pro cara apenas ver o seu computador, 100 contos. Se bobear, ele liga seu PC, vê que não tem nada de errado, confere o e-mail dele e ganha 100 reais. É isso: 100 reais pra ver o e-mail dele. Mais nada. Daí que surgem aqueles anúncios de internet: ganhe dinheiro sem fazer esforço. Livro de informática deve ser "100 maneiras de falar desktop e confundir seu cliente" ou "Linguagem DTMI. Invente essa nova ferramenta".

Imagine se um médico usasse o mesmo procedimento?

– Na verdade, a sua dor de cabeça era uma obstrução de artéria. Daí tivemos que fazer um transplante de medula aqui, trocar uns alvéolos ali. Ficou em 112 mil reais.

AS DINÂMICAS DE GRUPO

Outra que me deixa de cabelo em pé é a profissão de RH. Se o país sofre de desemprego, 90% dos casos são por causa de uma coisa que ninguém nem repara: as dinâmicas de grupo.

Explico: arrumar um emprego não é fácil, concordo. Assim como também concordo que, para cada cargo, é preciso escolher o melhor candidato. Beleza. Agora fazer processos de quase seis meses para descobrir o cara ideal para atender os telefones da empresa já acho exagero. Milhões de brasileiros já garantem o desemprego aí de cara.

– Tem carro pra ficar indo e vindo pra lá e pra cá, durante seis meses, em sete prédios diferentes, pagando zona azul em todos eles? Não? Próximoooo!

O.k., o.k., pode ser critério da empresa. Mas não me entra na cabeça a tal parte da dinâmica de grupo. Para todas as corporações. Qual o sentido daquilo? Como uma empresa consegue determinar seu futuro presidente com as seguintes perguntas:

– Qual animal você gostaria de ser?

Deus do céu. Um dia me fizeram essa pergunta numa dinâmica. Qual o critério? Se eu respondo pinguim, tô apto ao emprego. Se falo ornitorrinco, tô fora? Esse eu não consigo entender mesmo. Daí vêm aqueles clichês: escolha águia porque é guerreira, visionária, destemida. Ou seja, não importa o que perguntarem, escolha a águia. É disso que a empresa precisa? De um milhão de águias? Mais ninguém diferente? Aliás, até parece que todo mundo ali da sala quer ser uma águia. Ninguém quer ser um porquinho que tem orgasmos de 30 minutos. O lance é voar, comer minhoca e ser visionária. Ah, tá! Por isso que está cheio de cobras e antas nas empresas!

– Se você não tivesse essa profissão, gostaria de ser o quê?

Resposta que você gostaria de dizer, porém não fala com medo da avaliação:

"Gostaria de ser rico, diretor de filme pornô, filho da Angelina Jolie. Qualquer coisa menos isso que faço."

Mas não, você solta a clássica:

"Não sei o que faria, pois nasci pra isso. Servir café é comigo mesmo!"

Outra pergunta esquisita:

– Como você se imagina daqui a vinte anos?

Careca, preocupado com o futuro do meu filho e com problemas de ereção não seria a resposta mais adequada, embora verdadeira. Surgem então as pérolas "Me imagino fazendo aquilo que gosto, feliz com minha carreira e em busca de novos desafios". Deus do céu, será que todo mundo gosta mesmo de novos desafios? Jura que todo mundo pensa:

"Ah, hoje é sexta-feira, são seis e meia da tarde. Já sei o que vou fazer: adiantar todos os protocolos da semana que vem. Só que dessa vez com uma venda. Taí um desafio. Vou fazer isso já. Se não der hoje, venho aí no findi."

Se não bastassem as perguntas, tem também as provas interativas, que nada mais são do que juntar os candidatos em rodas, colar fitas em suas costas, desenhar, pintar e fazer coisas que realmente determinam o talento dessa pessoa. O que eles querem contratar? Ajudante do Passa ou Repassa? Moral da história: ganha emprego quem foi bem no pré e não na faculdade.

– Candidato número 46. Você é ótimo pra pintar, pra pular corda e pra fazer bichinhos fofinhos em argila. Parabéns, você é o novo diretor da nossa usina nuclear.

Não que eu ache os processos absurdos e tal. Só acho que o grande lance de você entrar em um emprego é ser competente e provar isso de um jeito que não seja fazendo coisas nada a ver. Cadê o currículo? Cadê o histórico? Dá pra imaginar um critério desses para outras profissões?

– Kaká o seu nome, né? Joga bem e tal. Tava vendo. Mas qual animal você gostaria de ser?

– Albert Einstein, né? Tava vendo aqui o seu currículo. Invejável. Mas me responda uma pergunta: se você estivesse em uma ilha deserta com apenas uma caixa de papelão, o que levaria? Um pêssego ou uma ameixa? Isso que vai garantir sua vaga. Cuidado com a resposta.

O que você quer ser quando crescer? Se eu fosse uma criança esperta, devia ter respondido RH.

OS FLANELINHAS

Ainda sobre "profissões que não entendo", não poderia deixar de falar sobre os flanelinhas. Na verdade, sempre entendi a "profissão". O que nunca entendi é por que eles são chamados de flanelinha se nunca nem limparam o meu carro. Pelo menos ia justificar eu dar um dinheiro.

Por que a gente paga pra eles? Sério. É a profissão mais fácil do mundo. Eles percebem que estou procurando uma vaga, se levantam da cadeira, correm em direção ao carro, olham fixamente pro meu olho e... e... e... e... esperam você manobrar SOZINHO. O máximo que fazem é mexer a mão, como se estivessem dizendo:

– Tenta encaixar seu carro entre esses dois.

– Ufa, se não fosse por eles, eu tava até agora tentando colocar meu carro embaixo daqueles outros. Afinal, eu tenho um hot wheels.

Daí, mesmo com essa incompetência, a gente faz questão de pagar. O quê? Eles não fazem absolutamente nada a não ser falar:

– Aí chefe, vou olhar. Cinco real.

Poxa vida. Se eu tivesse que pagar 5 reais pra cada pessoa que olhasse meu carro, eu tava falido. Só no trânsito até meu trabalho, são quase 10 mil todos os dias.

E outra: a gente paga 5 reais como um preço já estipulado. Por quê? Se passa um motoqueiro e quebra meu retrovisor, o que esse flanelinha é capaz de fazer? Me devolver 2 reais? Aí se alguém roubar meu carro ele devolve meu dinheiro integralmente? Queria entender.

Por isso que nunca pago. Principalmente na volta. Na ida até dá pra entender: você paga pro cara não arranhar seu carro. Agora, na volta? Meu Deus, é só ir embora com o carro. Ou você acha que o flanelinha vai arranhar ele em movimento? Sinceramente? Se é pra pagar, mereça esse dinheiro. Faça algo de útil pra mim. Eu estou desesperado procurando uma vaga.

E os malabaristas do trânsito? Por que a gente se sente mal ou na obrigação de pagar por isso? Por que eles sabem equilibrar bolinhas no ar? Desculpa, mas o que eu ganho com isso? Entretenimento?

Vamos analisar: há cerca de cinco anos apareceram os primeiros chilenos dotados da incrível e imprescindível arte de equilibrar coisas inúteis. Eles eram feras. Faziam malabares até com fogo. Quanto recebiam no farol? Trinta centavos. Hoje, em qualquer esquina existe alguém fazendo malabares. A bolinha, na maioria dos casos, não fica nem um segundo no ar. Pensa comigo: não é sacanagem o chileno que, se bobear, trampou no Cirque du Soleil receber os mesmos 30 centavos?

Antes de me xingarem, explico: uma coisa é dar esmola, ajudar o próximo, contribuir com uma moeda. Isso é válido. Ajudar não é o problema. O problema é quando tentam me convencer de que jogar três bolinhas para o ar merece algum dinheiro. Se continuar assim, daqui a pouco vão surgir novas modalidades de talentos no farol.

– Eu sei encostar a língua no nariz. Me dá um trocado?

Não tenho nada contra quem vende balas, pede pra limpar o vidro ou até mesmo pede um trocado na boa, tirando, claro, quem acabou de entrar no trote da faculdade. Só sugiro serviços de utilidade pública. Eu daria muito dinheiro se visse pessoas na frente do meu carro com plaquinhas do tipo:

• Marginal parada. Vire à direita.
• CET com olhos de lince. A 100 metros.
• Menina entregando panfletos a 200 metros. PS: feia é apelido.

A maioria paga para eles sumirem. Logo, em vez de malabares, o certo seria fazer mágica, não?

Mas os mais engraçados são os vendedores de alho que ficam no trânsito. Gostaria de conhecer alguém que compra. No mínimo para eu nunca entrar no carro. Imagina o cheiro. Aliás, já reparou que no mesmo sinal onde tem vendedores de alho também tem sempre alguém vendendo chiclete? Não sai da minha cabeça que é uma empresa integrada.

E detalhe: pra que comprar o alho sozinho? Sem nada para você temperar com ele. Creio que deve existir algum indício de pessoas que compram tudo no mercado, mas sempre se esquecem do alho. Ou então avaliaram em pesquisas que o Nosferatu sempre para nos sinais vermelhos. Só assim pra justificar.

– Meu Deus, amor. Esquecemos de comprar alho.

– MEU DEUS!!! E AGORA??? O que vai ser da gente?

– Calma, calma... pra isso existe o pessoal do sinal. Eles sempre têm alho.

– Verdade. Ufa!!!

Será que eles têm consumidores fiéis? Penduram e pagam tudo no fim do mês?

– Amor, enquanto o feijão está cozinhando, compra alho pra mim? Esqueci de comprar no mercado. Lá na esquina da Faria Lima com a Rebouças tem.

– Mas a gente tá em Santana.

Por que as pessoas precisam comprar alho no trânsito? Até porque, se você está dentro do carro pensando em comida, alho é a última coisa que vai matar a sua vontade. Deviam surgir pessoas vendendo lasanhas no farol.

Mais sem sentido ainda é quem vende o BOB ESPONJA. Existe algum cidadão que, voltando do trabalho e cheio de estresse, pense: "Que dia horrível! Vou comprar esse Bob Esponja pra me animar"?

Se bobear, deve ser o acompanhamento do alho.

– Acabei de comprar o nosso jantar. Refogado de Bob Esponja.

AS INVENÇÕES

Para não falar que critico todas as "profissões" (inclusive a minha de comediante/publicitário que daria um Alcorão de tanta porcaria) existe uma que admiro: a de inventor. É impressionante a capacidade que esses seres têm de solucionar problemas humanos com simplicidade e criatividade. Você não cheira bem? Pronto, tem um cara que desenvolveu o desodorante para facilitar a sua vida. Você odeia cortar batata? Liga pro 1406 que certamente alguém inventou algo para você não precisar descascá-las. Enfim, hoje em dia não consigo ver mais nada que possa ser inventado. E a maior prova disso é que já estão reinventando os produtos pela segunda vez. Parece até aquelas refilmagens de filme preto e branco: a ideia era ótima em 1956, mas hoje precisa dar uma adaptada senão ninguém aguenta. Moral da história: as novas invenções servem para melhorar as antigas.

Por exemplo, o palito de dente. O cara que inventou na época era um gênio: uma madeirinha descascada e pronto, seu dente estava limpo.

Deve ter vendido milhões. Daí, com o passar dos anos, chegou um espertalhão e inventou o fio dental, que tem o mesmo princípio do palito de dentes só que melhorado. Acabou que ele vendeu bilhões e ainda fez o inventor da ideia, aquele que descobriu e solucionou o problema de carne no dente, ir morar na sarjeta. Diz agora pra mim quem é o gênio? O do palito, coitado, é até humilhado por ter inventado um produto tão antiquado. Bem injusto.

Bom, até aí beleza, pois os produtos, por mais que sejam variações de outros, funcionam bem. Agora o que não me entra na cabeça são aquelas ideias que têm como única função o seguinte: não funcionar. Pior que tá cheio delas por aí.

Não dá pra entender como uma pessoa consegue, depois de observar um problema, fazer milhares de reuniões, analisar ideias de todos os jeitos, chegar a uma brilhante solução de criar algo incrível mas que absolutamente nunca funciona como o picote de papel. Isso sim não me entra na cabeça. Se você já foi a um banco ou correio, deve ter percebido que nunca, nunca mesmo, ainda mais na pressa, é possível abrir perfeitamente um envelope utilizando o picote. Sabe aquela marquinha que já vem certinha pra rasgar sem precisar usar a tesoura?

Então, use a tesoura. Porque tanto um cara com Parkinson quanto um cirurgião plástico não conseguem abrir aquilo perfeitamente de primeira. Sempre o começo dá certo, até que chega depois da metade e você ferra com tudo. Rasga papel e se sente um retardado por não ter conseguido seguir a linhazinha tão simples e feita pra dar certo. Mas aí é que tá: foi feito para não funcionar. Invenção bosta. Outro exemplo? Aquelas embalagens a vácuo de presunto ou peito de peru fatiado. Desista de abrir onde está indicado. Sempre abre melhor do lado oposto.

Tem muitas outras invenções que não servem para nada, a não ser fingir utilidade: marcador de página, sendo que todo livro atual vem com orelha; cortador de pizza (usa a faca que dá no mesmo); lingueta de tênis; disco laser; pesinho de papel (já ouviu falar em gaveta?); prendedor de gravata; porta-treco (olha que invenção magnífica: uma caixinha pra você guardar coisas que não sabe para que servem); pesinho para não bater a porta; enfim, muitas outras.

Ou seja, invenções que não dão certo e/ou não têm utilidade importante. Mas enganação mesmo deve ser quem trabalha em fábrica de extintor de incêndio. A função dele é vender um produto que dificilmente vai ser usado. Quase que uma vez a cada 35 anos, dependendo da estatística de incêndio ou de alunos do ginásio que não têm o que fazer. E já que dificilmente vai ser usado, quem garante que não foi feito nas coxas? Quem compra não testa mesmo.

Ahhhhhh, e antes que você fale de padrão de qualidade, lembre-se: estamos no Brasil.

Se você é um desses pseudoinventores, faço aqui o meu apelo: por favor, inventem uma maneira simples e prática para alguém colocar aqueles galões de água no filtro. Pense na Dona Gertrudes, 93 anos e morando sozinha. Ela precisa beber água, mas nunca deve ter feito supino. Essa seria a invenção do século.

AS PLACAS

Algumas placas eu também considero invenções bizarras.

Em São Paulo, onde moro atualmente, teve uma lei polêmica da prefeitura que proibia placas de publicidade pelas ruas. Deviam ter aproveitado e retirado as que eles mesmos criam. Aliás, eles até já fizeram isso, mas com as placas de trânsito. Tente andar em São Paulo seguindo as placas e descubra lindos becos tenebrosos.

Pra exemplificar, selecionei duas placas que adoro:

1. Fale somente o indispensável com o motorista

Essa é pro pessoal que, assim como eu, passou a metade da vida dentro de um ônibus. (Caso você seja da turma que nunca viu essa placa, recomendo comprar um livro de alguém mais culto etc.)

Vamos analisar: fale somente o indispensável com o motorista. Ele acha o quê? Vou chegar um dia e perguntar:

– Opa, qual seu Orkut?

O que leva um motorista de ônibus a crer que eu queira falar algo de importante com ele? Sinceramente, eu não tenho nada pra falar. Acho essa placa muito prepotente. Parece que o cara se sente um superstar do volante.

– MEU DEUS!!! VOCÊ DIRIGE UM ÔNIBUS CIRCULAR??? ME FALE DESSE MUNDO CHEIO DE AVENTURAS!!!

E outra: o que é indispensável para o motorista? Porque sempre quando eu reparo, ele tá conversando sobre futebol com o cobrador. Isso que é o indispensável?

Deixa eu entender: falar que o ônibus pode capotar se ele não diminuir a velocidade é dispensável. Falar que o Leonardo Moura pode jogar na Europa, não. Hummm... entendi.

É tanta prepotência que ninguém mais tem essa placa. Só o ônibus. O taxista, que dirige de modo mais arriscado, não usa. Se bem que deveria, mas ao contrário: só fale o indispensável com o passageiro.

Os pilotos de avião, que também vivem num mundo muito mais tenso, não têm essa placa. Mas talvez isso explique o tanto de besteiras que eles escutam. Como, por exemplo:

– Aeroporto de Congonhas preparado para o pouso.

Poxa, gente... o aeroporto de Congonhas NUNCA está preparado para o pouso. Inclusive, eles poderiam ser mais diretos e falar:

– Aeroporto de Congonhas. É o que a gente tem.

2. Placa de elevador

Essa é infalível. Você pode até não conhecer a plaquinha do ônibus, mas de elevador você já andou algum dia e reparou na mais profética, filosófica, inteligível mensagem de todos os tempos:

> **"Antes de entrar no elevador verifique se o mesmo encontra-se parado neste andar."**

Brilhante!!! Que bela dica, não? Se não fosse por isso, eu ia tentar sempre entrar num vão vazio. Primeiro que isso é quase impossível porque a porta do elevador só abre se ele estiver parado no andar. Eu nunca vi alguém abrindo essa porta à toa e pensando:

> **"Bacana esse vão, hein? Será que tem alguma coisa errada aqui ou é tipo um teletransporte?"**

E o pior de tudo é que isso não é um simples aviso. É o cumprimento de uma lei. Alguém observou esse "problema", comunicou-o a algum político. Ele então CONCORDOU que realmente se tratava de um problema e criou uma lei, com a qual uma bancada inteira concordou, aprovando a inestimável medida.

Meu Deus, qual foi esse elevador em que as pessoas morreram aos montes por aí? Que ano foi isso? 1856?

Nem o elevador do Playcenter dá tanto medo assim. Ou seja, criam uma lei para evitar morte no elevador, mas esquecem de criar uma para evitar morte no beco escuro onde as placas de trânsito me fazem chegar!!!

A LÍNGUA PORTUGUESA

Tem umas leis que o pessoal cria que não dá pra entender.

Como, por exemplo, as novas regras da Língua Portuguesa. Agora não teremos mais acento agudo em palavras como ideia, assembleia; não temos também hifens em algumas palavras, acento circunflexo em outras e mais várias mudanças que não fazem diferença alguma para um país que fala é nóiz, tauba, mortandela e mantega.

Pra 95% da população, isso não muda nada. Aliás, é até pior. Pense na dona Léia, há três anos tentando se alfabetizar para aprender a escrever o nome. De repente se confunde e acha que Léia não pode ter acento. Que, de acordo com a regra, agora é Leia e não mais Léia. A coitada pira.

Isso daí tá ficando muito complicado pra todo mundo. Quando disse pra minha mãe que iam acabar com o acento em vôo, ela já soltou um:

– Êeee crise área, viu? Se não bastasse não ter avião suficiente, agora também não vai ter lugar pra sentar.

Resumindo: essa história de mudar o português de décadas em décadas não rola. Tanta coisa para mudar no Brasil e o pessoal muda a grafia de JIBÓIA. Fora que de uma hora para outra você vira um ancião porque ainda usa trema. É quase que nem escrever Pharmácia.

O PALAVRÃO

Bom, pelo menos avisaram sobre essas mudanças da língua. Pior foi uma vez que me pegaram desprevenido: tava assistindo a um filme na Globo com a família quando, de repente, o personagem soltou um MERDA.

Três vezes, na sequência. Merda, merda, merda. Minha avó, que estava ao lado, quase enfartou com o desrespeito. Merda pra gente sempre foi palavrão. Ninguém nos avisou que ia deixar de ser. Nem uma carta, um comunicado, um pronunciamento. Nada. Afinal, quem decidiu que merda não ia ser mais palavrão ou ofensa?

– Olha, gente, tava observando aqui e decidi que o merda não é mais palavrão, sabe? Não fica legal um ator de ação falando droga. Ninguém fala, né? Tem que ser merda mesmo. Concordo. A partir de agora todo mundo pode falar merda. Liberei o merda. Se quiser, pode até pôr na novela. Manda avisar.

Pronto, o que interessa é que o merda foi liberado. Escondido, sem muito alarde, mas foi. E, se no horário nobre estão falando, vamos aproveitar.

na escola

• Professora, posso te pedir um favor? Vai à merda.

na igreja

• Quanta merda que você fez, hein? Reze duas ave-marias e três pai-nossos.

no dentista

• Merrrrrrrda!!! Que dor de merda. Seu merda.

no avião

• Senhores passageiros, a temperatura em Congonhas está uma grande merda.

no tribunal

• Essa foi sua defesa? Bela merda, hein?

Mas, apesar de ser ótimo, é também muito injusto. Pense no p*rra, no filho da p***, no caralh*, no fod*-se ou principalmente no p*** que pariu. Por que esses não foram liberados? Qual o critério? Existe uma cúpula discutindo o assunto? Para cada palavrão, um representante.

– Olha, ministro, tava pensando em liberar a buce.**
– Claro, ministra. Só se você deixar eu usar o caralh*.

Mas de certa forma eu concordo com algumas mudanças da nossa língua. Afinal, o Brasil mudou bastante, do século passado para o de hoje. A melhor mudança de todas, na minha opinião, foram as vestimentas. Graças a Deus. Já pensou o que é passar um verão inteiro em Bangu, 40 graus, com terno, fraque, gravata e cartola? Pior que isso: plena época de Carnaval e o máximo que você vê de obsceno em uma mulher é o tornozelinho de fora. Já até imagino: cheio de purpurina tapando, pra não ficar muito vulgar.

AS EXPRESSÕES POPULARES

Com a mudança das épocas, tudo tende a evoluir, menos uma coisinha: as expressões populares. A maioria é da época antiga e a gente continua falando até hoje, mesmo não fazendo mais sentido algum. Repara só.

Cavalo dado não se olha os dentes

Quando foi a última vez que você ganhou um cavalo? Natal? Aniversário? Pois é. Ninguém mais aguenta ganhar cavalos por aí. Suja o elevador que é uma beleza. Tá explicado o porquê daqueles leilões de boi em canais rurais. Virou moda ter cavalo em casa. Todo mundo pode ter um. O mínimo que você precisa é ser filho de bilionário.

Tirar o cavalinho da chuva

Se você não tem a merda do cavalo, como vai tirar o dito-cujo da chuva? E outra: se você tiver um, provavelmente vive em um haras e tem um cocheiro que é pago pra fazer isso.

Caiu a ficha

Que ficha? Quem ainda usa ficha? Até aldeia indígena tem orelhão com cartão. Fora que hoje em dia quase todo mundo também tem celular. Inclusive os índios. Portanto, seria melhor “caiu o sinal analógico” ou “caiu o sinal digital”, dependendo da região. Faria mais sentido.

MAIS VALE UM PÁSSARO NA MÃO DO QUE DOIS VOANDO

Sinceramente, em um mundo onde até posto de gasolina fala em preservar o meio ambiente, pega até mal falar em prender o passarinho. Deveria ser o contrário: mais vale um pássaro voando, do que dois na mão. Assim evita a extinção. O Greenpeace agradece. Os vendedores de gaiola, nem tanto.

QUEM TEM BOCA VAI A ROMA

Quer dizer então que só a Angelina Jolie pode ver o papa? Não, né? Qualquer um pode ir até Roma. O problema é só caos aéreo e suas seis horas de atraso. Por isso, em vez de boca, o ideal hoje em dia seria ter saco. "Quem tem saco vai a Roma". Agora, caso você não queira ir de avião, o jeito é apelar para a frase "Quem tem GPS vai a Roma". Afinal, se com um deles você consegue não se perder em São Paulo, nada impede que você possa atravessar um oceano até a Itália, o que é muito menos complicado.

Aliás, a expressão verdadeira é QUEM TEM BOCA VAIA ROMA, que faz a expressão ter menos sentido ainda. Se é pra vaiar algum lugar, pra que ir tão longe, já que o Congresso é mais perto e merece as vaias ainda mais?

SALVO PELO GONGO

Se nem a polícia anda salvando você ultimamente, dá pra acreditar que um som de sino do século XV pode fazer isso? Bem que podia ser uma nova arma da polícia. Em vez de cassetete ou pistola, os policiais andariam com um gongo e salvariam todo mundo.

FICAR A VER NAVIOS

A última vez que eu fiquei a ver navios foi num especial da Discovery Channel sobre a Segunda Guerra. Diferente dos donos de bancos, que devem ser as únicas pessoas do Brasil que ficam a ver navios todos os dias. Mas só para comparar preços. Injusta essa expressão só valer para eles.

BOCA DE URNA

Se até a urna evoluiu e ficou eletrônica, por que a expressão continuou a mesma? E se ela é eletrônica, onde fica a boca? Na fotinho dos candidatos?

PROCURANDO SARNA PRA SE COÇAR

Tô dizendo. Até as doenças evoluíram e as expressões não. Sarna? Você pode procurar em qualquer lugar que não vai encontrar mesmo. A menos que você durma em um cobertor feito de ácaro. Pra ficar mais atual, o certo seria "Procurando depressão pra se lamentar".

Ser um chato de galocha

Galocha? Quando você diz que trabalha na MARGINAL é realmente dentro do rio? Quem usa galocha hoje em dia? E outra: se a pessoa só é chata com a galocha, comece a levá-la apenas a restaurantes japoneses, daqueles que só se entra descalço. Daí, a pessoa, sem galocha, viraria a melhor do mundo.

Negócio da China

Há cem anos, o melhor negócio do mundo era comprar azeite, ouro, tempero e tinta. O mundo evoluiu. Ou você trocaria seu iPod por meio quilo de páprica? Por isso, quando você quer fazer um bom negócio, você vai a um dos Promo Centers da vida e faz um "Negócio da Coreia". Esse sim deveria ser o nome. O diálogo explica.

– Quanto é esse Notebook?
– Tlinta real.
– Qual cor mais você tem?
– Tlinta real.
– Sabe onde tem uma farmácia aqui perto?
– Tlinta real.

Apressado, come CRU

Não, senhor. É exatamente o contrário. Apressado come fast-food. Hoje em dia, quem come cru é porque tem tempo de sobra pra esperar quase uma hora em um restaurante japonês da moda.

Quem não tem cão caça com gato

Você tem um cão? Se tem, costuma usá-lo em caçadas? Ah, tá, só pra saber.

Botar o carro na frente dos bois

Bom, já que todo mundo tem um cavalo, normal dizer que também tem uma charrete como meio de transporte. Essa expressão só faz sentido se você dá uma fechada em alguém e xinga muito. Daí fica: "Botar o carro na frente da vaca." Ou "Botar o carro na frente do corno."

AS GÍRIAS

Queria saber como essas expressões começaram a fazer sucesso. O que faz milhares de pessoas acordarem da noite pro dia falando expressões como "é nóiz", "sussa", "se pá", "desencana"? Igual piada. Dificilmente você conhece quem criou. Você recebe a piada, conta pra alguém e chega até a ouvir de novo da boca de outra pessoa. Mas não faz ideia alguma de quem foi o criador. O cara que cria uma piada famosa pelo Brasil inteiro certamente deve ser um frustrado que vive dizendo "eu que fiz essa piada", mas ninguém obviamente acredita. Se bobear, já até chegou a ouvir a sua piada contada de um jeito bem melhor, totalmente adaptada.

Diferente do cara que cria uma gíria. Esse pelo menos os amigos têm certeza de que foi ele quem criou. Deve ser um cara extremamente insistente, que fica repetindo a mesma palavra sempre, até uma hora que pega. Ele acorda apressado e solta um "sinistro". Vai tomar café e solta um "sinistro". Almoço, "sinistro". Até a hora de dormir ele já soltou milhares de "sinistros". De repente, a mãe dele tá falando, o pai, o professor, o cara da TV, camisetas, outdoor, galã de novela e por aí vai. Disseminou o "sinistro". Não tem como alguém negar que veio dele. Certamente por causa disso, o apelido dele é "sinistro".

O mais legal disso tudo é que, se você notar bem, nenhuma gíria ou expressão faz sentido algum. Por isso, se você quiser ser um criador de expressões, eu tenho aqui uma receita que é infalível. Faça o teste. Por exemplo, sempre quando você quiser dizer que alguém mora longe, use a fórmula:

______________ mora lá onde o (a)______________________

(nome da pessoa) (nome de qualquer animal) + (qualquer verbo no presente)

Exemplo: **Fábio mora lá onde o tamanduá requebra.**

Outro exemplo: **Juarez mora lá onde a gaivota assovia.**

E por aí vai:

Marcelo mora lá onde o macaco acorda.
João mora lá onde o boi reclama.
Felipe mora lá onde a cascavel adormece.
Pedro mora lá onde o touro balança.
Juliana mora lá onde o tatu chora.

Já para criar expressões sexuais, é mais simples ainda. Preste atenção nessa nova fórmula:

GÍRIA SEXUAL = (QUALQUER VERBO EM QUALQUER TEMPO) + (QUALQUER ALIMENTO)

Exemplos:
Ê, Silas, viu? Peguei no flagra. Tava encapando o nugget, né?
(qualquer verbo) + (qualquer alimento)
Você??? Certeza que machucou a lasanha, não é?
(qualquer verbo) + (qualquer alimento)

Outros exemplos:

aumentando o brioche
cuspindo o pepino
requebrando a picanha
levantando a salsinha
quebrando o macarrão
pegando o ravióli
recebendo a camomila

Simples, não? Basta você usar sua criatividade e a sua preferência. Faça o teste. É muito simples.

Pois é, já que estão limitando tanto a nossa língua, não serei eu que farei as pessoas falarem ainda menos, né?

A FALTA DE ASSUNTO

Minha mãe sempre falou que Deus criou a gente com dois ouvidos e uma boca para ouvirmos mais do que falarmos. Acho essa teoria interessante, porém, não faria sentido usar os dois ouvidos sem que alguém falasse duplamente, correto? Será que foi pensando nisso então que Deus criou os taxistas e cabeleireiros?

Por que eles sempre precisam puxar um assunto? Entendo que conversar faz a hora passar mais rápido, torna o ambiente mais agradável. Mas isso quando o assunto é bacana, não quando você tem sempre que responder às mesmas perguntas.

– Trânsito tá um horror, hein?
– E o Timão, hein? Classifica?
– Ê tempinho complicado, né?

Pra quem mora em São Paulo, você já até se acostuma a responder, de tanto que só se fala nisso. Pro tempo, geralmente a resposta é:

– Nem fala. Nunca se sabe como sair de casa. Você leva um casaco de manhã e no meio da tarde já tá com calor.

Pro trânsito, é:

– Ahh, nem fala. Tá cada dia pior. Cada vez mais carros e menos espaço, né?

A de futebol:

– Opa. (Dependendo da entonação serve como sim ou não)

Fico maluco quando alguém quer saber da minha vida enquanto quer cortar meu cabelo.

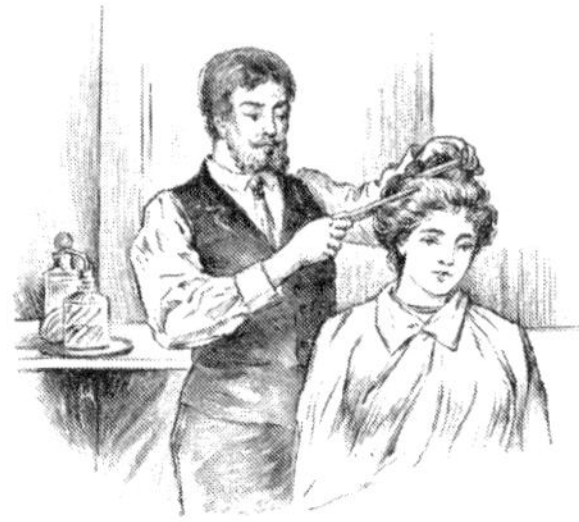

– Ahhh, seu nome é Maurício, né?
– Sim.
– Mora aqui na região?
– Opa. (Esse funciona como "sim".)
– Trabalha com o quê?
– Ah, sou publicitário, faço show de humor, escrevo em site e tal.
– Que legallllllllll!!! Bom, tá pronto seu cabelo.

Ou seja, minha vida é superinteressante e se resume em 10 minutos? O Silvio Santos cortando o cabelo ali teria uma biografia de meia página? Pior é que quando volto lá no cabeleireiro, um mês depois, é o mesmo assunto, caramba.

Dá prosseguimento ao antigo, pelo menos. Vai da parte da profissão em diante, sei lá. Se não deu pra eu contar minha biografia de uma só vez, divida em fascículos.

– Bom, já sei a parte de onde você mora. Hoje vou saber sobre o que você gosta de comer. Semana que vem eu já começo as perguntas bônus: qual seu sonho e o que você levaria para uma ilha deserta.

Não sei como eles aguentam perguntar sempre as mesmas coisas só pra puxar assunto. Afinal, várias pessoas diferentes já conversaram com eles no dia. Será que eles já não sabem a resposta se vai chover ou não? E outra: por acaso eu pareço o Google?

Não quero ser antipático, mas tem horas que você quer ficar quieto, relaxado e tal. Afinal, se todo cabeleireiro resolve conversar com você, pra que eles te dão uma revista?

Mas pra mim ainda existe o pior jeito de se puxar assunto. Você encontra um amigo seu que não vê há um bom tempo e ele solta:

– Fala Maurício, beleza? Eu te vi esses dias andando lá no shopping.

Tá, mas e daí? Qual a conclusão? É só isso? Me viu um dia aí andando no shopping. Pronto. Fim. Acabou.

O que ele espera que eu diga? Um obrigado por me confirmar que não tenho hologramas por aí? Eu juro que não entendo. O que uma pessoa tenta conseguir com isso? Mostrar que tem boa visão, né?

– No meio de 4 mil pessoas eu vi o Maurício. Preciso falar pra ele. Sou demais.

Se não bastasse isso, tem a outra versão mais bizarra ainda.

– Fala Maurício, beleza? Dia desses passei perto do seu prédio.

Meu Deus!!! Onde as pessoas querem chegar? Não muda em nada minha vida saber que ela passou perto do meu prédio ou não. E outra: foi ele quem fez essa ação. Ele quem saiu de casa, atravessou bairros e passou em frente a minha residência. Pode fazer isso a hora que quiser. Em todas ele jura que vai me falar? Dá vontade de ligar pra ele e falar:

– Fala, brother. Acabei de passar perto da minha locadora. Só isso. Abraço.

Seu emprego também é um ótimo gerador de assuntos.

– Oi, Maurício, vi que você trabalha no XPTO. Uma amiga minha trabalhou lá, a Ana. Era do financeiro em 2003.

Tipo, novamente vou usar o "e daí?". Se a tal da Ana trabalhasse na minha área, fosse minha companheira, até entenderia. Agora a moça trabalhou lá há mais de cinco anos. Milhares de pessoas já passaram por lá. O que muda a minha vida?

– A Ana trabalhou no XPTO? Legal, então a gente deve ter a mesma comunidade de Orkut. Vou tentar ser amigo dela. Temos assuntos em comum, né? Como, por exemplo, o nosso papel timbrado e o café do hall.

O CAFÉ

Aliás, rapidinho: por que as pessoas gostam tanto de beber café? Eu acho a pior bebida do mundo, mas me sinto mal em falar isso, já que todo mundo bebe nos empregos.

Na minha opinião, o café só existe nos escritórios porque é um aditivo, e não uma bebida. Funciona meio que assim: garrafa de água porque é essencial e garrafão de café para você trabalhar mais. Ou vai dizer que você pensava:

"Nossa, como meu trabalho é legal. Tem café de graça. O meu chefe é tão bacana em me dar café. Ai, ai. Que gostoso. Nossa, por que eu tô tão aceso? Me dê alguns relatórios, hein? Hein? Que tal?"

Ainda digo mais: a gente só gosta de café por teimosia. Foi de tanto tomar que conseguimos atingir um padrão de critério. Não conheço ninguém que experimentou e gostou daquilo de primeira. Pior que tem gente dizendo que nasceu gostando de café. Nunca vi uma mãe falando para o seu neném:

– Mama do lado direito que é leite. No esquerdo, capuccino.

É daí que eu entro com o lance das descobertas.

Pensa, por exemplo, no cara que descobriu o morango. Ele tava lá andando na selva, há milhões de anos, olhou aquela frutinha bonitinha e pensou:

"Será que se eu comer isso é bom???"

Foi lá direto, arrancou, comeu e achou muito bom. Se bobear até pensou:

"Que delícia. Vou chamá-lo de morango. Daqui a quatro milhões de anos ainda vão fazer biscoito wafer disso aqui. Vai ter suco artificial etc."

Agora pensa no cara que descobriu o café. Tava ele também andando pela selva, até que um dia avistou uma outra frutinha e pensou:

"Pô, o Jebedias se deu mó bem. Descobriu o morango. Será que se eu comer esse outro frutinho aqui vai ser gostoso?"

Foi lá, colocou na boca e... odiou. Afinal, era realmente horrível. Tanto que ninguém come café por aí. Até que, na insistência, ele pensou:

"Mas será que se eu torrar a sementinha fica bom? Tomo com uma cervejinha e tal."

Foi lá, torrou, comeu e... piorou!!! Não contente, o cara continuou. Ele precisava provar que aquilo era bom. Nada de desistir, vamos mais.

"E se eu deixar numa água quente, esperar quatro minutinhos e beber o caldo? Será que fica bom?"

Agora você vai pensar: aí sim ficou bom. Achou a fórmula. Mas não! Se fosse bom, por que a primeira coisa que você faz quando toma um café é falar:

– Mas que porcaria... essa bosta aqui tá sem açúcar.

Meu Deus, então pra que insistir com isso? Já viu que não está bom, chega. E pior é que não parou por aí. Continuaram pensando um jeito de deixar aquilo bom. E se colocasse um pouquinho de leite? E se colocar um pouquinho de chantili? E se colocasse um pouquinho de canela? E se colocar um pouquinho de chocolate? Daí vira o capuccino, mocaccino. Até que chegam essas cafeterias e misturam tudo com sorvete, vendem por 15 reais e você encontra um bando de pessoas falando:

– Hummmm, que delícia de café.

Ou seja, o sabor do café só é bom quando tem sabor de tudo, menos café. Ah, bacana. Tá explicado porque café é coisa de brasileiro: até pra deixar aquilo gostoso o cara não desistia nunca.

É só analisar: o café tá sempre associado a coisas ruins. Onde tem café? No trabalho. Quando morre alguém, o que te servem no funeral? Café. Quando o cara é inútil, ele é o quê? Café com leite. Quando você pede um empréstimo no banco, o que o gerente te oferece? Café. Restaurante, todo mundo feliz comendo e enchendo a cara, mas na hora que vem a conta o que vem junto? Café.

Moral da história: qual a pior bebida do mundo?

Cerveja quente... ainda é imbatível.

A CAIXA DE BOMBOM

Mas calma que o café ainda ganha no quesito pior comida do mundo. Tem o bombom de café, lembra?

Poxa, era um inferno encontrar esse bombom lá na caixa. Eu lembro bem da minha infância obesa. Adorava ganhar essas guloseimas. A pessoa podia ser uma tia que eu não via há anos, mas bastava trazer uma caixa de bombons e eu não enchia o saco. Era meu pacto com as visitas. Até ficava amigo.

Explicação rápida: quando você é criança, nem imagina que receber caixa de bombons é considerado a pior coisa do mundo. Pros adultos, é brega, coisa de pobre, é tipo uma "lembrancinha" de quem não tava nem aí na hora de escolher um presente. Mas, como eu era uma criança obesa, adorava. Visita pra mim era sinônimo de expectativa. Ficava lá, observando e comentando comigo mesmo "o que essa velha trouxe?", "será que esse trouxe alguma coisa?" ou "putz, garrafa de vinho? Velho burro". Mas, graças ao bom Pai, a maioria me deixava numa outra expectativa: a "qual tipo de bombom eu vou achar aqui?".

Afinal, caixas de bombom são um mistério e tanto. Primeiro porque uma caixinha nunca é igual à última que você comeu. Não existe quantidade certa de bombons por caixa. Vai da boa vontade do cara que montou. Tem dias que lota de bombom de coco, outros nem tanto; tem dias que você só encontra um.

Mas, apesar disso, duas coisas sempre, mas sempre, desde meus tempos de garotinho, nunca mudam: uma é quantidade de bombons bacanas que têm lá dentro. O meu recorde até hoje foi um dia encontrar dois Serenatas de Amor na mesma caixa. E a outra é exatamente o extremo disso: a quantidade exacerbada de bombons de banana e de café, os mais odiados por todos. Quanto mais presentes eles estão, mais indesejados. Caso ele seja tão inútil a ponto de você não lembrar, esses bombons são aqueles que você revira para achar um outro. Na preferência, a ordem é mais ou menos essa: bombons massudos estilo Serenata de Amor, daí você vai para os medianos, os pequeninos e fim. O de banana ali com sua embalagem colorida e "tropical" e você nem aí. Fim. Acabou a caixa. Mesmo se o de banana fosse massudo, você o desdenharia. Não sei se é pelo gosto ou pela embalagem, mas o que mais me irrita é que eles vivem em bandos.

Não me entra na cabeça por que os fabricantes continuam nessa. São tipo o Rubinho: pessoal reclama, mas ele tá sempre ali. Ou em outra analogia, lembra aqueles caras que nunca são chamados pras festas, mas sempre aparecem, sabe? Ficam se humilhando para participar. Era para eu ter pena, mas eu tenho raiva. Não se tocam. Ninguém gosta deles, eles não são nada queridos, mas continuam ali. Imagino até esses bombons sorrindo e curtindo com os outros, tipo "eae galera, beleza? "falae ITCOCO, tudo em cima?". E ninguém dando atenção. "Oi Opereta, tá bombando isso daqui, né, amigão?" Perceba que eles são uma espécie de NERDS em festinha americana de adolescente, onde o Serenata de Amor é uma cheerleader gostosíssima. Aí, no final, todo mundo se dá bem e eles sobram, ficam ali jogados, sozinhos ao relento e tristes.

Para não dizer mentira, muita gente até se solidariza com os bombons de café e de banana, oferecendo os coitados para... adivinha quem? As próprias visitas que um dia retornam à nossa casa com mais caixas de bombom. É cíclico. Um pensamento do tipo "Olha, esses aqui não se adaptaram com a gente, coitados. Pega de volta". Daí acabam virando os bombons que são oferecidos para as visitas. Ficam até guardadinhos num potinho.

Saindo um pouco do universo deles, gostaria de entender como funcionam os negócios por trás disso tudo. Porque assim todos os bombons são da mesma marca, porém as marcas diferem, certo? Logo, creio que existe alguém responsável por cada bombom. Algum representante, sei lá. Imagina o do bombom de café. Esse é um fracassado. Ele é o único cara do universo responsável por um produto que é consumido por pena. Nem o carinha que é responsável pelo cupim nas churrascarias deve se sentir tão mal. Imagino ele numa fábrica, fazendo bombom e ligando pras melhores marcas do país. Não sei como eles lucram, não sei como não percebem que ninguém gosta, não sei de nada. Só sei que algumas empresas devem curtir a ideia.

— Alô, distribuidor? Aqui é dos bombons de café.

— Ôpa... novidade?

— Tem sim. Tô cheio de bombons de café. Passei esse fim de semana aí à toa e resolvi fazer uns a mais.

— Nossa!!! Que ótimo. Manda pra mim que a gente encaixa eles numa caixinha. Valeu mesmo.

— Tô mandando. Ah, e vou fazendo mais, ok?

— Lógico.

Enfim, voltando ao assunto invenções. A gente realmente inventa cada coisa. Até data. Dia dos Pais, Natal, Dia das Mães. Precisamos mesmo ter 365 dias determinados para algum tipo de coisa? Daí acontece um problema: todo dia estamos criando algo diferente. Logo, acabamos também criando o dia para esse algo novo. Ou seja, no mesmo dia pode ser a data comemorativa do soldado e do telefone sem fio. Ao mesmo tempo. Fico na dúvida. Qual comemoro? Imagina daqui a alguns anos? Capaz de você ficar na dúvida se dia 25 de dezembro comemoraremos o Natal ou o dia do Playstation 15.

O CARNAVAL

Por isso queria falar um pouquinho sobre algumas datas que foram criadas por nós, seres estúpidos, habitantes do planeta Terra. Começando pelo Carnaval, a época que milhões de brasileiros esperam ansiosamente durante o ano inteiro. Quer dizer, durante o mês inteiro, já que o ano só tem janeiro até então.

Aliás, não parece que janeiro foi criado exatamente para as pessoas curarem ressaca de uma festa para outra? Fico imaginando como foi criado o calendário.

– Gente, tá errado isso aqui. Temos festas demais em dezembro: Natal, amigo-oculto, festa de empresa, réveillon. Daí logo depois já vem o Carnaval? As pessoas não vão aguentar. Nem todo lugar é Salvador.

– Calma, cria um mês antes então. Vamos chamá-lo de JANEIRO.

– Você é sensacional. Palmas.

E assim vivemos: com festas no final de ano, um mês de descanso e mais festas já em fevereiro. E só a partir daí é que o país começa a se mover de verdade. Dizem que a evolução é dividida em a.C. e d.C. Nunca fez tanto sentido: antes do Carnaval, depois do Carnaval.

Bom, o importante é que, quando ele chega, já vai mudando a rotina de todo mundo. Repara só:

- Da noite pro dia, começam a aparecer colchões e mais colchões na sua casa. Junto com eles, isopores de tudo quanto é tamanho. Fica ainda mais incrível depois de você perceber que um deles é seu há muito tempo.
- Diferente de todas as outras segundas-feiras, a de Carnaval é a única que você está de pé às sete da manhã. Tudo bem que virado da noite anterior, mas tá de pé.
- Você nunca ficou tão feliz em ouvir a frase: A AVENIDA ESTÁ LOTADA. Se fosse em dia normal, você estaria deprimido, não eufórico.
- As pessoas cruzam a rua mais empresarial da cidade com lantejoulas, paetês e purpurina. E, por incrível que pareça, ficam menos ridículas do que trajando terno e gravata embaixo do sol.
- Sabe aquela mulher recatada que você levou meses para saber apenas o nome? Pois é, já beijou mais de oito em dois dias. E ninguém nem perguntou o nome.
- Sabe aquele seu chefe mal-encarado, briguento e implicante? Nunca pulou e te abraçou tanto. Até aí, tudo bem. O problema é ele estar vestido de mulher.

• A música mais tocada das rádios vai sair de lá. E infelizmente vai invadir a sua casa, a sua TV, a sua mente, a sua vida. Você vai ouvi-la no trio elétrico em diferentes versões, na propaganda de cerveja, nos sons de carro, nos assobios pela rua. E de tanto tocar em um único mês, ela vai ser considerada a melhor música do ano.

• Você nunca imaginou que entenderia sobre temas muito importantes como "Kalua-lua. A cachoeira espiritual que purifica Manaus" ou "O Maniti. O rei Sol de uma floresta piauiense", enredos de cunho cultural superinteressantes que ensinam bastante através de mulheres seminuas. Aliás, se o objetivo dos enredos é ensinar algo de útil, por que não fazem um desfile com o tema "Tabela Periódica"? Imagina que legal: cada ala seria uma coluna da tabela, as gostosonas vestidas de gases nobres. Já até vejo o samba-enredo: "Bela Magrela casou com Senhor Barão Ratão. A nobreza de um Xenônio." Ia ajudar bastante no vestibular.

• Toda mulher que aparece na TV durante o Carnaval passa a ser modelo. Foi entrevistada? É modelo. O que você faz da vida? Sou modelo. Não importa se dois dias atrás a moça estava na TV falando da nova carreira no mundo pornô. Começou o Carnaval ela é modelo e está cheia de projetos para o ano, que está só começando.

• Frases do tipo "aproveita, é Carnaval" serão seu álibi pra tudo. Você não quer beijar alguém? Já chega um amigo e fala "aproveita, é Carnaval". Você não quer beber? A sua família aparece e fala "aproveita, é Carnaval". O bandido não quer roubar um banco, o comparsa fala: "aproveita, é Carnaval". No Carnaval, vale tudo.

• Você vira um entendido em artes e música como nunca foi antes. Não se espante ao falar coisas do tipo: "Ah, vai. A Unidos da Tijuca pecou um pouco nas alegorias. Mereceu o 9,3" mesmo sem você ter noção do que é uma alegoria. Aliás, sempre quis entender o porquê desse 9,3. Por que não 9,4 ou 9,2? O que determina esse um décimo? Cada vez que a passista pisca fora do compasso perde um décimo? O pior é quando o 9,9 é unanimidade entre os jurados. É quase como: "Foi bem bacana, mas aquele pelinho pra fora do escudo incomodou a gente, sabe?"

Daí o Carnaval acaba e tudo volta ao normal. Quer dizer, nem tanto. Dependendo do que você aprontar, o jeito vai ser usar máscara por bastante tempo ainda. Ou até a hora que chega um novo grande evento comercial: a Páscoa.

A PÁSCOA

No último ano eu reparei: de todas as festividades que existem, a Páscoa é a que fica mais tempo com a gente. Não pela linda história cristã, muito menos pelo feriadão prolongado que faz a gente, inclusive, esquecer dessa linda história cristã.

A Páscoa dura mais na memória porque ela demora para acabar. Perceba: quantos ovinhos de chocolate você ganha? Tem um da namorada, tem outro da família, tem outro da empresa, tem outro de um amigo, tem chocolatinho de sorteio em final de quermesse. No final das contas, tem pelo menos umas dez peças de chocolate diferentes na sua casa. Moral da história: se você não quer ter a cara em braile de espinha, são, no mínimo, quase três meses para todo esse chocolate ser consumido.

Ou seja, passou perto da cômoda do quarto em abril, você lembra da Páscoa. Abriu a geladeira em maio, você lembra da Páscoa. Pesou na balança em dezembro, nem se fala. Mas se não bastassem os chocolates que você recebe na data certa, tem os que você recebe bem depois que o santo dia acaba. Pois é, achou que ia ficar livre? Nada. Mesmo depois de a Páscoa ter acabado, os supermercados resolvem estendê-la até todos os ovos acabarem. Acho que é por isso que a Semana Santa nunca tem data certa: ninguém sabe quando realmente acabam os ovos do supermercado.

Pode lá ver: é um tal de promoção de ovos pra cá, ovos quebrados pra lá... Danou-se toda a tradição. Até acabarem de vender tudo, a Páscoa pode durar até setembro.

Antes da Páscoa a mensagem era sobre tradição, carinho, família, coelhinho, menino Jesus. Depois da Páscoa muda para:

"5 Chocolates por apenas 1 real. Aproveite."

"Chocolate importado a preço de banana. Comprando 6, você ainda leva o nacional com plástico rasgado."

"Comprando 1 shampoo, você leva 1 ovo de Páscoa. Aliás, não precisa do shampoo. Toma o ovo."

Já as outras festividades não são assim: no Dia das Crianças a promoção de brinquedos é só até o dia. As compras de Dia das Mães e Dia dos Pais também só acontecem na época. Nunca vi o Papai Noel carregando criancinhas no colo no dia 27 de dezembro. Acabou o dia 25 e ele é o único turista que não fica no Rio de Janeiro para o réveillon.

Mas na Páscoa, não. As pessoas continuam comprando ovinhos, inclusive até quebrados. O que é um absurdo. É o mesmo que um motel anunciar um dia depois do Dia dos Namorados.

– Não transou com a sua namorada ontem? Não se preocupe. A camareira ainda não arrumou as camas dos quartos. Aproveite. O precinho tá camarada.

E a colomba pascal? Acho que aquilo fica tanto tempo estocado na prateleira, que o pessoal do marketing resolveu adaptar.

– Gente, gente!!! Sobrou bastante daquele pão esquisito da Páscoa... ninguém tá comprando. Já estamos em dezembro. E agora?

– Já sei... E se a gente mudar o formato? Será que as pessoas vão perceber?

– Não se a gente mudar o nome. Vamos pensar: o gosto é ruim, tem passa ou chocolate. Já sei: PANETONE. Tudo a ver, né?

– Ótimo.

O NATAL

E aí começa o Natal, outra festividade que foi criada cheia de coisas nonsense. Uma delas é a concepção do Papai Noel.

Com quantos anos você deixou de acreditar no bom velhinho? Sete, oito, nove anos? Bom, se você ainda acredita no Papai Noel e tem mais de 10 anos, chegou a hora de sair um pouquinho da internet, parar de assistir *Teletubbies* e encarar a realidade: Papai Noel não existe e nunca existiu. Chato, né? Enxugue as lágrimas e bola pra frente, garotão. Caso você tenha menos de 10 anos, não se preocupe com o que eu disse. Logo mais você próprio irá perceber que o Papai Noel não existe.

Sim, é a dura realidade. Afinal, o Papai Noel não está fazendo o menor esforço para a molecada acreditar que, sim, ele existe. Ainda mais essa geração MSN/Orkut/iPhone moderna que está surgindo por aí. Se eles são tão inteligentes para configurarem um notebook, já, já descobrem a farsa do bom velhinho.

Primeiro pela quantidade exagerada de papais noéis que existem espalhados por aí. Não rola uma dúvida na cabeça de um desses meninos? Em todo shopping tem um Papai Noel. Você sai do shopping e já na rua encontra outro Papai Noel. Liga a TV e vê outro Papai Noel. Jura que não confunde o moleque?

Afinal, qual desses papais noéis é o verdadeiro? Qual deles vale a pena passar o sacrifício de sentar no colinho para ganhar um autorama? Para qual desses ele deve entregar a única cartinha que escreveu? Porque o moleque não é tonto de achar que todos eles são o mesmo, né? Uns têm a barba maior, outros têm a barba mais curta, outros têm a barba no meio do nariz, outros parecem o Chewbacca porque têm o rosto inteiro feito de barba. O jeito é arriscar. Tentativa e erro. E, se errar, ferrou. O que é ótimo para os pais:

– Poxa, filhão, pena que você não ganhou seu pônei, né? Você deve ter errado de Papai Noel. Foi isso. Mas o papai herói aqui vai te ajudar. Comprei esse incrível pega-varetas. Legal, né? Feliz Natal.

Mais um motivo para um menino inteligente desconfiar: os trajes do Papai Noel. Primeiro que não faz sentido algum colocar o Papai Noel no shopping mais moderno da cidade e o velhinho se vestir daquele jeito. Uma roupa vermelha, velha e com mais de duzentos anos? Coisa de comunista. Taí, Papai Fidel. Pensando bem, começa a fazer sentido o lance de sentar no colinho: dizem que os comunistas adoram comer criancinhas.

Segundo porque o Natal sempre acontece no verão brasileiro. Tudo bem que ele saiu dos confins do gelo polar, mas no meio de dois bilhões de presentes não teria espaço para ele deixar guardada uma bermudinha com uma regata? Poxa, faz duzentos anos que ele vem pra cá e sabe o calor que é isso aqui no Natal. Custa prevenir?

Falando em espaço interno do trenó: qual a logística pra trazer toda a equipe dele? Nas fotos sempre vemos Papai Noel e suas renas. Mas e os duendes? Como chegam nos shoppings? Ninguém nunca fala como os duendes vieram. Aliás, já parou pra pensar que os duendes são a maior indústria de produtos piratas do mundo? Porque eles têm a função de construir os brinquedos que o Papai Noel entrega, certo? Logo, quando alguém ganha um Playstation 3, significa que foram os duendes que construíram, e não a Sony. Por isso, qualquer marca que você ganhar de presente de Natal, denuncie.

Outra questão que uma criança esperta deve se perguntar: por que será que o Papai Noel chega pontualmente apenas na minha casa? E se ele leva quase uma hora por lá, quanto tempo gasta nos outros milhões de casas? Meio milésimo de segundo? Fico imaginando uma criança pobre-coitada que só consegue receber o Papai Noel às duas da tarde do dia seguinte. Isso sem o caos aéreo. Nesse ano deve estar cheio de crianças considerando um atraso de quatro horas.

Acho que no fundo, no fundo, todas as crianças já sabem que o Papai Noel não existe. Só não querem frustrar os pais, né? Afinal, eles já planejaram todo o dinheiro de fim de ano para comprar um presente. Pena que quem leva a glória é o Papai Noel.

O DIA DOS PAIS

Pra finalizar a questão das datas: e o dia dos pais? Já reparou que a gente nunca lembra quando ele está chegando? Quando olho no calendário, faltam no máximo cinco dias e eu não comprei nada. Daí, no desespero, compra-se o quê? CD coletânea. O que é péssimo também porque a maioria dos artistas da coletânea já parou faz tempo. Ou seja, daqui a pouco tô dando coletânea repetida.

A questão é que, de todas as comemorações, a do Dia dos Pais é a mais tímida. Dá a impressão de que foi criada por obrigação, tanto que ela foi colocada justo em agosto, semanas depois das férias escolares acabarem. Qual moleque de 13 anos vai pensar:

"Torro meu dinheiro agora nas únicas férias do ano ou guardo um pouquinho para comprar o CD coletânea de Dia dos Pais?"

Fora que é uma data sem nenhum prestígio comercial! Na Páscoa, você vê coelhinhos da Páscoa por todos os cantos. No Dia das Mães as vitrines dos shoppings são decoradas de rosa, sempre com lindas mensagens. Dia dos Namorados, e tudo é um coração, pombinhos... E o Dia dos Pais? Quase nada te dá pistas de que ele está chegando.

O máximo que faz a gente perceber o Dia dos Pais são as propagandas. Detalhe: 90% de celular. Queria entender qual a relação "Dê um presente para o seu pai = Dê um celular".

Acho essa a propaganda mais contraditória que existe. Porque, teoricamente, ano passado eu já tinha comprado um celular da marca para o meu pai. Daí eles sugerem no ano seguinte que eu compre outro celular? Não dá a impressão de que o celular é descartável?

– Ano passado você comprou o modelo Z500? Baboseira. Seu pai vai te odiar se você não comprar o Z800. O Z500 é uma bosta. Celular de tiozinho. Seu pai é tiozinho? Então compra o Z800.

E outra: por que só anunciar celular e planos de celular? Meu pai só precisa disso no mundo? Meu pai, por acaso, não lê livros, não calça sapatos, não veste roupa? Legal essa visão que a indústria da propaganda tem a respeito do meu pai: um índio que adora bluetooth.

Pior: pensa num filho adolescente. Um celular é o pior presente que ele poderia dar para o pai. Afinal, seria a melhor forma de ser controlado e encontrado o tempo todo. É quase como dar um radar de noitada. A única vantagem é que, se ele for preso, já sabe quem procurar.

E ainda dão 500 minutos grátis para o pai conversar com o filho. 500 minutos de celular? Essas famílias não se encontram? Não jantam nunca? Enfim, aí vem a questão: se o pai é tão ausente a ponto de nunca poder conversar com um filho, será mesmo que ele merece receber um presente? No máximo, uma camisinha para nunca mais fazer filho.

O QUEIMA-FILME

Aliás, se tem uma coisa que não muda com o passar dos anos é o constrangimento entre pais e filhos. Não tem uma pessoa no mundo que nunca se sentiu desconfortável com atitudes familiares nas duas fases da vida. Tanto como filho quanto, mais tarde, como pai. O que prova que a genética é infalível no quesito "queima-filme". Não basta você ter o corpo sem noção do seu pai. Com o tempo adquire também os mesmos hábitos sem noção.

Vejamos: quando você é criança, por exemplo, quantas vezes fez seus pais se envergonharem com comentários inocentes do tipo:

– Tia, é verdade que vou ter um priminho?
– Não.
– Minha mãe que disse que você parece grávida de trigêmeos.

Daí as crianças tomam bronca. Tadinhas, elas não devem entender nada do que acontece. Passaram quase um ano da vida com os pais enchendo para elas falarem qualquer coisa. Aí, quando começam a falar, os pais recriminam. Incentivam sempre a falar a verdade, daí, quando elas fazem isso, dá-lhe bronca. Deve dar um nó na cabeça. Por isso que depois elas não levam a sério esse lance de ir bem no colégio. Vai que apanha...

Ser criança nessa fase nada mais é do que ser um espião que joga do lado contrário da pátria. Se eu fosse da CIA, eu nunca tentaria achar o criminoso. Mas sim o filho dele. Em vez de arma eu carregaria um pirulito. E pronto. Está garantido!

– Oi, amiguinho!!! É verdade que seu papai grampeia telefone pra máfia? Toma esse pirulito enquanto vai pensando na resposta.

Mas, da mesma forma que as crianças envergonham os pais, eles um dia acabam se vingando. Principalmente quando você começa a ficar mais velho. Quem nunca se sentiu envergonhado de os pais irem buscar no colégio? Queria entender o porquê disso. Do que a gente tinha vergonha? De ter família? Por que a gente tinha que se sentir o durão?

– Sou muito durão. Tenho 11 anos e vou sozinho pra casa. Se as pessoas descobrirem que eu pego carona com meus pais, minha credibi-

lidade vai por água abaixo. Sou o Clint Eastwood. Acho que vou começar a fumar também.

Será que a gente queria provar que dirigia com 11 anos? E quando seus pais resolvem comemorar um aniversário da maneira mais "quero me esconder" possível? Exemplo: você está no colégio, no meio da aula, junto de seus amigos Clint Eastwoods e de repente lá fora você ouve um trio elétrico cantando "Parabéns pra você." O que é pior: pela Xuxa. O que é pior ainda: seu nome tá na música. O que é matador de pior: você tá no auge dos seus 15 anos.

Eu juro que tenho dó dos pais que resolvem dar essa "lembrancinha" para os filhos. Primeiro porque eles conseguiram gerar dois sentimentos: fizeram todo mundo ter certeza de que amam de verdade a filha. Ao mesmo tempo, fizeram todo mundo ter certeza de que a filha vai odiar os pais. Depois dessa, você acha que uma adolescente pede o que na hora de assoprar as velinhas? Paz mundial? Por isso que adolescente vive revoltado. É totalmente compreensível.

Aliás, faz total sentindo chamar isso de lembrancinha. Até os 40 anos dificilmente você vai esquecer. Fico pensando, se isso é apenas uma "lembrancinha", qual seria o presente? Um outdoor seu pelado com 9 anos?

Acho que essas empresas de comemoração sabem desse papel queima-filme. Não é possível que eles façam isso pensando em ter um bom retorno. Tem alguém no mundo que sai feliz da vida por ter recebido um trio elétrico no colégio? Que toca todas as músicas da Xuxa? E que no final ainda tem texto emotivo dos pais com o fundo musical do Kenny G? A empresa deve pensar na hora:

"Bom, lá vamos nós terminar mais uma relação de pai com o filho."

AS FÉRIAS EM FAMÍLIA

Outra coisa que modifica muito as relações com a família é viajar junto.

Se você analisar direitinho, férias em família só é bom durante. Porque, até ela acontecer, milhares de fatores resolvem jogar contra. A começar pelos filhos do casal. Saber que eles podem encarar uma recuperação e acabar com todo o planejamento de uma viagem em família faz com que os pais resolvam redescobrir o que é Fórmula de Bhaskara. Já reparou que de repente todo pai resolve aprender geografia, história, física? Isso é para depois não se ferrar na matemática.

– 200 reais de pousada menos 200 reais de pousada porque o animal do meu filho ficou preso no colégio é igual a... Férias na praia mais perto, e de carro.

E aí começa o problema. Parece que todo mundo teve o filho de recuperação e resolveu ir para o mesmo lugar. Longe do sossego, rumo ao caos. O que não faz sentido algum. Afinal, qual o nexo de a pessoa estar de saco cheio da rotina, das pessoas do trabalho, do trânsito, da confusão e ir para um lugar onde tem exatamente tudo isso? Claro que com uma diferença: lá estará chovendo.

Aliás, acho que é por isso que mulher leva tanta coisa na mala. Você está indo pra praia e ela leva cinto, casacão, burca afegã. Detalhe: para um lugar em que o principal objetivo de diversão é não levar quase nada de roupa. Bem que dizem que elas são intuitivas: já sabiam que ia chover. Quando uma mulher resolver levar apenas biquíni na mala, você tem é que ficar preocupado: com certeza a praia é de nudismo.

Enfim, viajar para o lugar errado nas férias nem sempre é algo ruim. Tem suas vantagens. Uma delas é que você sempre vai reviver as suas férias. Até porque relembra cada momento diariamente.

– Nossa, que trânsito infernal. Lembra muito Ubatuba quando fui em julho. Que saudade!!!

– Nunca me esqueço daquele réveillon em Salvador. É só pegar metrô no horário do rush que me lembro de novo. Tumulto, todo mundo se esbarrando.

Algumas viagens são tão repetitivas que, quando o professor passa redação com o tema "Minhas Férias", o aluno cola do amiguinho do lado. Já outras são tão cansativas que você volta delas precisando de mais férias.

– O que você vai fazer nas férias?

– Acho que vou para o litoral e depois na volta vou ficar uns quatro dias no trabalho. Dar aquela relaxada, né? Jogar paciência, fingir que tô fazendo alguma coisa. Recuperar energias do litoral.

– Opa, claro.

E mesmo que as férias de alguns sejam exatamente as mesmas de outros, por que elas cismam em trazer lembrancinhas? É quase como um escambo do mesmo produto.

– Te trouxe uma lembrancinha de Pirapora do Norte.

– Nossa. Eu também comprei uma pra você.

– Eu lembro. A gente estava junto.

Deviam inclusive criar uma série de camisetas especiais:

– Fui para o Guarujá e lembrei de você. Até porque você tava lá o tempo todo!

Agora, se tem uma coisa que é pior do que viajar para o lugar da moda nas férias é voltar da viagem. Porque pra ir ainda rola uma expectativa. Parece que o caminho é mais curto, mesmo demorando nove horas. Mas e pra voltar, que todo mundo resolve fazer no mesmo dia e no mesmo horário? Com a desculpa ainda de que ouviu na rádio:

– Na rádio trânsito disseram que é melhor a gente sair às sete da manhã. Mas só a gente está sabendo dessa notícia. Acho que ninguém mais do mundo conhece a rádio. Vamos detonar.

Moral da história: você volta com a mesma rotina, com as mesmas pessoas, com a mesma dor de cabeça. E novamente com apenas uma diferença: sem dinheiro.

O CASAMENTO

Agora, o maior tema relacionado a constrangimento familiar ainda é o casamento. De longe. Prova disso é que, se não fosse por ele, o assunto SOGRA nunca existiria. Simplesmente a figura mais citada em piadas do Brasil. Já reparou que não existe chance de falar sobre sogra e emendar um assunto normal? Sempre fica meio anedota.

– Doutor, a minha sogra está morrendo.
– Hahahahahaha. Essa é muito boa... Conhece a do português?

Sabendo que isso é um clichê dos tempos modernos, me pergunto: por que mesmo assim as pessoas resolvem se casar? Poxa, se isso fosse tão importante, por que um segundo atrás a pessoa tava na dúvida se CASAVA ou comprava uma bicicleta? De onde veio essa teoria? A pessoa fica na dúvida?

– Putz, com a bicicleta eu vou ter mais liberdade.

– Mas em compensação com o casamento eu tenho uma pessoa a minha disposição 24 horas por dia.

– Ou seja, no dia que a bicicleta me trouxer cerveja, não tem pra ninguém.

Fora que, diferente do casamento, a bicicleta ainda emagrece. E num casamento normal, chega a ser 59 mil reais mais barata.

Deus do céu... Por que o casamento é tão caro? Deve ser por isso que é o único momento do mundo em que você vê um homem chorando. Emoção? Nada. É porque gastou 40 mil numa só festa.

– Com esse dinheiro eu podia ter comprado uma baita bicicleta. E ainda sobrava dinheiro para eu comprar algumas mulheres.

Já a mulher que chora sempre pra tudo, não. Dessa vez entra sorrindo.

– Essa maquiagem custou 200 reais... Não posso borrar, não posso borrar.

Aliás, se o casamento é feito especialmente para a noiva, por que ela faz sempre questão de atrasar? Não dá uma impressão de que agora ela tá desdenhando isso tudo? Tipo, "agora que você topou, eu nem quero mais". E outra: o que tanto ela faz que sempre se atrasa?

– Putz, já tô meia hora atrasada para o meu casamento. Mas não saio daqui de casa enquanto não receber 10 RT no meu Twitter.

Só o vestido de noiva custa uma fortuna, e pra ser usado uma vez na vida! Ainda bem que casamento é ritual de católico, porque se fosse de judeu, você ia ver mulher vestida de noiva comprando pão no supermercado.

– Comprou o vestido, agora usa. Não gastei dinheiro à toa.

Ou já pensou como seria com o buquê?

– Olha, legal que você pegou o buquê, mas meu marido gastou 600 reais nele. Entende, né? Você pode ficar com esse vale: "EU PEGUEI O BUQUÊ DA FESTA DA JU." Até porque andar com o buquê, na verdade, é a única garantia de que você vai terminar a festa solteira. Que homem vai chegar numa moça que está a um passo de casar?

Fora que você gasta para os outros se divertirem. E sempre tem um que reclama.

– Ai, achei a fitinha do bem-casado tão comum.

Deve dar uma vontade de falar:

– Diferente foi o jogo de panelas que você me deu na lista de presente, né? Bem criativo, diferentão... Afinal, a minha esposa só vai fazer isso da vida, né? Cozinhar! A gente engordar que nem um porco. Se pelo menos eu tivesse comprado a bicicleta... dava uma emagrecida.

Não adianta. Casamento é uma época de mudanças. Muda a responsabilidade, muda o comportamento, muda até o uniforme que joga pelada com a turma. Você muda do time "Sem Camisa" direto para o arquirrival "Com Camisa".

Fico imaginando se isso acontecesse no mundo real.

– Olha, o fulano vai ter que ser transferido para o Flamengo.
– Como assim?

– Pois é, ele casou. Não pode mais ficar no Vasco.

– Mas, e agora?

– Calma que já, já ele volta. A moça é biscate. Não dou três meses de casório.

O FUTEBOL

Estive esses dias observando a força que o futebol tem hoje no mundo. Jogadores celebridades, investimentos milionários e valores que vão muito além dos euros, como integração social, falsidade, espírito de equipe... Falsidade? Pois é, comecei a perceber isso nesses dias: o futebol é hoje o esporte mais falso que existe.

Comece reparando no tal amor ao clube: antigamente, um jogador ficava anos numa equipe e passava a vida inteira beijando um só escudo. Hoje, cada mês que passa é uma camisa diferente que ele beija. Se ele encara como paixão, algo aí está errado. Nem micareteiro ama tantas pessoas em tão pouco tempo. Se ele encara como trabalho, pior ainda. Desde quando você beija o terno do seu emprego?

– Yeah!!! Eu trabalho na Almeidas Despachantes.

– Aeeeeeeee, aprovei um relatório. Vou beijar o crachá.

Chega no dia do jogo e vemos os adversários no meio de campo se cumprimentando. Um deles chega para o outro e fala:

– Boa partida.

Peraí, boa partida? Desejar boa partida para o adversário é desejar que ele ganhe o jogo. Não faz sentido então ele estar ali se esforçando, sabendo que vai perder. Pior é quando chega o adversário, que teoricamente está com a partida nas mãos, e manda:

– Boa partida para você também.

Como assim? Quer coisa mais falsa que um adversário desejar a vitória pro outro? O que eles querem com isso? Que o jogo termine empatado? Só se for.

Começa o jogo e, junto com ele, o maior festival de falsidade do planeta. É um tal de cai aqui, fiquei contundido ali. Muito compreensível o termo "treinar sem bolas". Ficam só treinando jeitos diferentes de cair no chão.

– Parabéns, Zé Henrique. Um pessoal aí quer contratar você. Cirque du Soleil, conhece?

Termina o jogo e o que eles fazem? Trocam de camisa. Ah, não, aí já é demais. Uma coisa é guardar a camiseta do Pelé, do Maradona. Agora, jura que o cara guarda a camiseta do Tonhão, zagueiro reserva do XV de Jaú? Que nada. Duvido que o jogador com um armário cheio de terno Armani vai fazer alguma coisa com aquilo. Justo seria eles trocarem relógios e correntes de ouro no final da partida. Isso sim motivaria os atletas a disputarem uma partida limpa.

– Vocês viram a pulseirinha do Cafu? Eu quero no fim do jogo. Vou evitar dar carrinho para não machucá-lo.

Outra falsidade: autógrafos. Esse negócio de um beijo especial pra fulana aqui, beijo especial pra fulana ali. Peraí: se é especial, não é pra todo mundo, concorda? Daí você começa a reparar na caligrafia do autógrafo: são todos iguais. Quase como se fosse feito mecanicamente. A rubrica do

Pelé, por exemplo, é que nem tomate do McDonald's: é igual em todo lugar. Aliás, a camisa autografada do Pelé tá em todo bar que frequento. De duas, uma: ou é feito por um robô ou o Pelé é o cara mais cachaceiro do Brasil.

Mas o comportamento falso não é privilégio dos boleiros, não. A torcida é a mais conivente com tudo. Só ver o seguinte: Marcão e Marquinhos são irmãos. Marcão é vascaíno e Marquinhos flamenguista. Eles se adoram. Passaram a vida juntos. Solícitos, um doou sangue pro outro. Chega no estádio, cada um vai para sua torcida organizada.

Marquinhos pede a morte de todos os vascaínos com cantos ofensivos. Logo, teoricamente, inclui seu irmão. Marcão xinga a mãe de todos os flamenguistas. Logo, inclui também sua própria mãe. No fim da partida eles saem do estádio e vão comer cachorro-quente, abraçados. Faz sentido? O futebol tem muita falsidade.

Mesmo assim, sempre fui muito interessado em esportes desde moleque: jogava bola, fazia natação, pegava onda na praia. Tudo perfeito, até o dia que chovia. Como o ser hiperativo que sou, não conseguia simplesmente deitar e ficar quieto, esperando a chuva passar. Tinha que fazer alguma atividade. E foi aí que eu entrei no mundo mágico dos joguinhos de tabuleiro, carteados, videogames, simuladores e o vôlei de ginásio. (Desculpem, é que na minha cabeça vôlei não é esporte. No máximo, recreação.)

O XADREZ

E foi numa dessas que eu comecei a reparar em algumas bizarrices. Por exemplo, o xadrez. Joguinho tranquilo, silencioso, pra pessoas inteligentes. Mas, se você analisar bem, é o jogo mais sexual do planeta. Todo mundo se come naquilo ali: o peão come o bispo, que come o cavalo, que come a rainha, que come o rei. Acho até que foi criado para dar chance a um nerd de imaginar o que é uma suruba.

Se você reparar bem, tem tudo a ver com a vida real. O peão é o mais simples de todos, mas mesmo assim come o que aparecer por perto. Por isso que é conhecido como peão. Tanto é igual à realidade que, na maioria das vezes, já começa a vida comendo um cavalo. O bispo come alguns bispos, de vez em quando. Até porque se fosse pra comer mais que isso, não ia ser bispo. Ia ser padre.

O rei é o típico tiozão, não come ninguém. Tá prestes a morrer, anda devagarzinho, todo molengão... Só que ele é a bichona do tabuleiro. Primeiro, porque é o único que tem certeza de que vai ser comido. Segundo, porque ele não faz nada pra fugir. Pois chega o peão do lado e em vez de correr ele dá um passinho só pro lado. Quase como uma manha, mas querendo aquilo.

Talvez isso justifique o comportamento insaciável da rainha, que não para quieta um minuto. Ela vai em cima do peão, do bispo, já sai correndo pra outro peão, corre pra encontrar o cavalo. A mulher não se aguenta. Se tiver uma parede, ela já se esfrega. Daí existir a torre.

Aliás, qual o sentido da torre? Imagino como foi o processo de criação:

– Acabaram os personagens da corte e a gente precisa de mais um. Dane-se o duque, o conde... Vamos colocar umas paredes vivas que querem comer todo mundo. É pra ninguém encostar e descansar. Atividade intensa.

Deve ser por isso que a prisão é conhecida como xadrez: você vai pra lá e é comido por todo mundo. Não importa se é numa cela com 5, 6, 12 ou até mesmo a solitária, que é a pior de todas. Afinal fica só você e... as paredes.

Falando nos personagens nonsenses, tem um que eu nunca consegui entender. É a figura do valete, que você deve conhecer muito bem do jogo de baralho. E só dali. Afinal, eu nunca mais ouvi falar de algum valete na vida real. Existe o rei, existe a dama, mas e o valete??? Você já ouviu alguém falar:

– Meu avô foi valete da Inglaterra.

Ou

– Fui mal na prova. Esqueci o nome do Valete da Normandia.

Ninguém nunca ouviu falar de um. Acho que valete era o cara que estacionava a carruagem do rei e sua dama.

– Amor, vamos deixar a carruagem aqui na rua mesmo? Não é perigoso?

– Não, vamos deixar ali no Valete. São 20 reais, mas pelo menos ninguém arranha o cavalo.

Mas o que mais me impressiona no mundo dos jogos são os simuladores. Fui no shopping esses dias e vi simulador de tudo que é jeito: jet ski, corrida, tiro, futebol. Tanto é que eu entrei numa fila pra comprar ficha e o cara falou:

– Pra pagar é ali. Aqui é um simulador de fila.

De todos, o único que não me convence ser um simulador é aquele joguinho da dança. Que o cara fica pulando nas setinhas, sabe? Pelo amor de Deus, quem dança daquele jeito numa boate??? Como aquilo pode ser considerado um simulador? Como aquilo pode ser considerado dança? Talvez da mesma forma que vôlei é considerado esporte.

É que nem falar que pôquer é esporte. Me irrita tanto ver naqueles canais de esporte jogos como sinuca, boliche, pega-varetas. Pelo raciocínio de competição, já, já o Miss Universo vira esporte olímpico.

A MISS UNIVERSO

Por sinal, concursos de beleza sempre me chamaram a atenção. Não só pelo fato de ter um bando de mulheres bonitas vestidas em trajes sumários, mas também pelas coisas curiosas promovidas.

Primeiro que não consigo entender quem sobrevive por ser bonita ou bonito. Que raio de profissão é essa em que o currículo vem com as suas medidas? Imagina isso numa empresa:

– Legal Adamastor. Sua experiência com Energia Nuclear é ótima. Mas 130 de quadril não é muito?

O pior de tudo é que ser bonito(a) é o único emprego que não depende só de você. Se pensar bem, todas essas modelos vão depender a vida inteira dos pais para sobreviver. É genético. Se o tempo estragar os pais, com certeza vai estragar também os filhos. O maior terror de um modelo, por exemplo, deve ser ver o pai ficando careca.

Aliás, será que uma criança pensa nisso?

– Mãe, quando eu crescer, quero ser Miss Universo. Vou andar pra lá e pra cá acenando.

– Que ótimo, minha filha. Sabe aqueles livros de matemática que papai te deu? Coloca sobre a cabeça e tenta desfilar.

Mas não ache que isso basta. Assim como qualquer profissão, na de BONITA também é possível evoluir. Se para um administrador existem cursos de especialização, para uma miss existem cabeleireiros. Se existem pós-graduações, para uma miss existe academia. Plástica é uma espécie de MBA.

Enfim, dia desses eu tava lá assistindo o Miss Universo e várias dúvidas começaram a pintar. Primeiro: qual o sentido desse nome? Miss UNIVERSO. Do Miss Brasil a pessoa devia ir para o Miss Mundo, Miss Planeta Terra, sei lá. Daí, vencendo essa competição, aí sim é que ela deveria ir pro Miss Universo. Aliás, pra esse nome fazer sentido teriam que colocar uma venusiana, uma marciana. No mínimo alguém da seleção feminina de futebol, sei lá.

Outra coisa que não entendo é o julgamento. Se é pra ganhar a mulher mais bonita do universo, por que demoram tanto tempo pra elegê-la? Bastava uma foto três por quatro e acabou. Fim. Mas não, tem desfile de roupa de gala, tem perguntas e respostas, tem elas falando de *O Pequeno Príncipe* (livro favorito) e o pior: uma apresentação para mostrar o seu dom para os jurados. Como assim dom? Que critério é esse pra ver quem é a mais bonita? Mudaria o resultado?

– E a vencedora do Miss Universo é a candidata de... TOGO porque soube como ninguém processar dados logarítmicos.

Outra coisa que não entendo é a postura das candidatas. Para ser a mais bonita do Universo tem que ser também a mais tonta? Sempre sorrindo e dando tchauzinho? É muito falso. Se é pra ver quem é simpática de verdade, coloca as candidatas ao lado de uma menina de telemarketing. Aí eu quero ver quem é meiguinha de verdade.

O.k., vai aparecer alguém aqui falando que o título de Miss Universo é importante pra humanidade. Que elas vivem envolvidas em questões sociais e blá-blá-blá. Agora me explique como ela faz isso. Chega num país africano e acena pra população? Tipo, olhem como eu sou bonita e vocês não. Daí ela dá uma desfilada com sua faixa, abraça uma criança faminta no vilarejo e vai embora? Será que os africanos pensam?

"Nooooossa que miss linda. Até perdi a fome."

Desconfio que a ideia é incentivar os salões de beleza de Angola, Nigéria e afins. As mulheres de lá devem olhar pra magreza da Miss e pensar: se ela consegue passar fome e ser linda, por que eu não conseguiria?

Em vez dessa futilidade toda, podiam criar o Médico Universo, o Dermatologista Universo, o Cozinheiro Universo. Daí, sim, o melhor de cada categoria iria pra África ajudar o povo carente. Agora, eleger uma miss pra se preocupar com as questões da ONU é pedir muito. Não pela capacidade da miss. É mais porque preocupação causa rugas, tadinhas.

Mas o que mais gosto são as perguntas e respostas clichês. Todo ano é a mesma coisa.

– Qual seu sonho?
– A paz mundial.

Para ser miss é quesito básico do básico responder PAZ MUNDIAL sempre que perguntam sobre sonho. Deve ser por isso que nunca ganhou a Miss Iraque.

Perguntam pra ela:
– Qual seu sonho?
E ela responde:
– Bombardear Israel.

Pô, eu ia gostar. Pelo menos ia ter um pouquinho de personalidade num lugar repleto de futilidade.

O mundo realmente tá muito superficial. Os valores estão sendo trocados por beleza, perfeição, corpo sarado. Se você tem 80 quilos de quibe na barriga, fica cada dia mais impossível encontrar alguém. Pensando nisso, resolvi criar uma espécie de lista diferente das que você está acostumado(a).

A LISTA

Explico: sempre, quando acesso a internet, encontro milhões de listas de qual foi o melhor filme, de qual foi o melhor gol, listas de quais são as piores listas. Os temas até tentam ser variados, mas em 98,46% dos casos elas funcionam com a mesma finalidade: relacionamentos. É sempre "10 coisas que você odeia em um homem", "5 coisas que toda mulher leva numa bolsa", "10 coisas que um homem não pode fazer durante um *bar mitzvah*" e por aí vai.

Infelizmente, não acho que uma mulher esteja interessada em descobrir coisas como "não gosto de homens que deixam a toalha molhada na cama" ou " não gosto que me chamem de vaca louca durante uma comunhão". São coisas óbvias demais. Por isso, criei aqui o meu top 7, elucidando uma coisa que acredito ser a maior virtude de alguém: a PERSONALIDADE. Mulher: se você busca um homem seguro de si, confiante, cabeça erguida e que possa virar o amor da sua vida, vá atrás desse pessoal aqui. Apresento-lhe:

AS 7 PESSOAS COM A MAIOR PERSONALIDADE DO MUNDO.

** o fato de serem 7 e não 10 é pra mostrar que eu tenho personalidade, ok?*

1. O cara que dá 9,9 pra Mangueira.

Todos sabem que julgamento de escola de samba é tão tranquilo quanto passear de turbante em Israel. Rola confusão, xingamento, ameaças e tudo que um músico aposentado, escolhido para votar no quesito bateria, nem faz ideia de que existe. É o último voto, a competição está empatada e ele resolve inovar:

"Não ouvi muito bem o tamborim da Mangueira. Perde um décimo."

Pronto. Sua foto, bem como o seu nome e profissão estão ali diante de milhões de brasileiros. E rapidamente ele sai de jurado de bateria para jurado de morte. Dane-se a consequência.

2. O cara que puxa a OLA nos estádios.

Jogo tenso, segundo tempo. Quem fizer um gol leva o título. De repente, um único cidadão para e pensa:

"Pessoal anda muito nervoso. Já sei: vou puxar uma ola. É divertido."

Daí, do nada, ele levanta os braços, no meio de uma multidão e faz o colega ao lado pensar:

"Taí, vou levantar a minha mão também. Será que forma um desenho?"

De repente, de um em um o estádio inteiro resolve adotar a ideia do nosso amigo. Daí a ola vai e... volta. Pronto. Fim. Ele movimentou milhares de pessoas pra isso.

3. **O CARA QUE RESOLVE SENTAR NA IGREJA.**

Desde a comunhão você não entrava em uma igreja. De repente, começam a surgir casamentos de amigos. Você não se lembra de quase nada. A igreja é um mundo novo pra você. Entra o padre e começa seu discurso. O que fazer? Sentar, ficar em pé, se ajoelhar? Fica tranquilo: pra isso existe o cara que resolve sentar antes de todo mundo. Ele guia todos. Na maioria das vezes, de forma errada. É só perceber quando o padre fala "de pé" segundos depois de todo mundo sentar ou "podem sentar" milésimos depois de todo mundo ficar de pé. Tudo bem, o importante é que todo mundo tentou imitá-lo e se deu mal.

4. **O PRIMEIRO CARA A SE LEVANTAR EM UM APLAUSO DE SEMINÁRIO.**

É a versão mais nobre do cara da igreja. Geralmente é um entusiasmado que se empolga com um belíssimo seminário sobre "Novas mídias. A evolução do benchmarking". É o único da sala que entendeu o assunto e enquanto todos aplaudem o final da apresentação por educação, ele resolve ir além: aplaudir em pé, obrigando todos a se levantarem.

5. **O HOMEM QUE PEDE UMA CAIPIRINHA DE SAQUÊ NUM RODEIO.**

Precisa explicar?

6. **O PRIMEIRO CARA QUE COMEU UMA OSTRA.**

Sério, esse cara merece um prêmio. Imagine a situação: você ali nadando quando de repente encontra uma conchinha. Como quem não quer nada, abre e encontra a coisa mais gosmenta do planeta. Não lhe restam dúvidas:

– Vou experimentar.

Afinal, não há nada mais apetitoso que isso. Obviamente, percebe que aquilo é horrível e, em vez de jogar fora, pensa:

"Hummm... o gosto é horrível. Mas se colocar um limãozinho, posso ficar milionário."

7. <u>O INVENTOR DO BUNGEE-JUMP.</u>

O que um homem que já viveu todas as experiências possíveis pode inventar?

"Hummmm... taí. Já fiz tudo que é radical. Já pulei de paraquedas. Legalzinho. Já escalei o monte Everest. Bacaninha. Já até comprei o pornô da Gretchen. Mas e se eu pulasse dessa ponte com apenas uma corda no meu pé? Será que rola?"

É preciso muita personalidade para alguém olhar para uma ponte e ter a ideia de ser o primeiro a fazer isso. É uma espécie de suicídio elaborado com a quase garantia de saber que você vai voltar depois. Fora que, diferente do suicídio, você precisa de uma testemunha. Porque não ia ser nada radical alguém pular na cordinha e não ter alguém pra puxar depois.

Bom, para a lista ser ainda mais precisa, fica a minha dica das pessoas que você também deve evitar a qualquer custo. Por isso, segue:

AS 7 PESSOAS MAIS SEM NOÇÃO DO MUNDO

1. <u>O SEM NOÇÃO DO TELEFONE.</u>

Com certeza todo mundo já passou por essa situação: você está em casa ou no trabalho (ou nos dois, se você é um médico plantonista) e de repente o celular de alguém começa a tocar. De forma irritante, com música de axé, por exemplo. Isso já seria sem noção, mas fica pior: a pessoa dona do celular não está ali. O celular então toca uma vez, duas vezes, 37 vezes! Ou seja, a pessoa que liga não consegue entender que o dono do celular não está ali?!

Será que ela pensa:

"Hummmm, faz dez minutos que estou tentando e ele não atendeu. Acho que ainda não ouviu. Quem sabe mais 15 minutinhos tentando, ele começa a ouvir?"

Eu hein? Parece que a pessoa insiste tanto, imaginando que o cara vai uma hora ouvir o toque do telefone lá da praia.

2. O SEM NOÇÃO DA MOTO.

Moto muito boa: 45 mil reais

Acessórios: 10 mil reais

Destruir o cano de descarga para a moto fazer barulho: às vezes tem preço. E é caro pra caramba.

Juro que nunca entendi o que leva um marmanjo a gastar uma fortuna para destruir a moto só pra ela fazer os sons mais insuportáveis da história. O que seria isso? Carência? É quase como se eu tivesse uma BMW e fizesse questão de que ela tivesse o som de um ônibus.

– Já que não posso ter rádio pra fazer barulho, vou usar o motor mesmo.

É muito irritante. Eu fico sem entender: se aquilo é irritante pra mim em apenas dois segundos, imagina pra ele que ouve aquilo o dia todo?

Nem mulher que frequenta trio elétrico aguenta isso. Até porque, de som insuportável, já chega o da micareta. Ele faz isso para agradar a quem? Ninguém gosta. Ninguém pensa:

"Rá! É o motoqueiro do barulhão. Olha como ele é fera. Está ouvindo o barulho? É que ele está chegando. Vamos esperar mais quatro minutinhos para ver."

3. O SEM NOÇÃO DA MADRUGADA.

Não, não estou falando do amigão que vira quatro doses de vodca. Esse é caso perdido. Estou falando é daquele ser insuportável que resolve te ligar às quatro e meia da madrugada só pra saber se está tudo bem. Pior ainda se for depois das quatro vodcas em uma boate. É tão sem noção, que não tem nem noção da hora. Daí ele faz a pergunta mais sem noção:

– Está dormindo?

Dá vontade de responder:

– Sim, sou sonâmbulo. Atendo ligações enquanto durmo.

4. <u>O SEM NOÇÃO DO CIGARRO.</u>

Esse é por motivos óbvios. Nem precisa fazer nada. Basta acender um cigarro, tragar e ASSOPRAR do seu lado. Enquanto o cara faz isso na casa dele, tudo bem. Embora não consiga entender o que leva alguém a pegar um pedaço de papel, enrolar com uma espécie de planta, tacar fogo nisso, engolir a fumaça, queimar os pulmões, achar gostoso e ainda conseguir vender. O cara que inventou isso consegue vender sorvete no Alasca, não é possível. O problema é quando ele resolve fazer isso num restaurante, num elevador e em lugares que tenham em letras garrafais a frase: PROIBIDO FUMAR.

5. <u>O SEM NOÇÃO DO MESSENGER.</u>

Aquela pessoa que dispara 67 mensagens por segundo é irritante. Mais ainda quando resolve pedir atenção e fazer a sua tela tremer de 10 em 10 segundos. Isso todos concordam. Mas o pior de todos é aquele que usa o MSN para ficar busy. Meu Deus, como me irrita esse infeliz. Por que raios ele entra no MSN? Daí, quando uma conversa se inicia, o máximo que a pessoa responde é

– Não.
– Não.
– Não.
– Legal.

Quer parecer ocupado? Sai do messenger.

6. <u>O SEM NOÇÃO DO COLECIONADOR DE OBRAS DE ARTE QUE MORA EMBAIXO DO MEU APARTAMENTO.</u>

Você entenderia se morasse com alguém que fura a parede das 9h às 21h, todos os domingos.

7. <u>O SEM NOÇÃO DO LIVRO.</u>

No caso EU, o escritor. Ou, tão sem noção quanto, aquelas pessoas que chegaram até esta parte do livro e não estão gostando da leitura. Só que, em vez de desistirem, ficam até o final só pra depois saírem criticando. Como se um dia fossem comer um prato estragado até o final só pra depois falar mal.

– Nossa, esse risoto de búfalo tá uma porcaria. Mas vou comer até o final só pra ele aprender com quem está lidando.

A TAMPA DA PRIVADA

Enfim, eu até poderia colocar nesta lista de sem noção "Homens que cismam em deixar a tampa da privada levantada". Mas tenho uma opinião muito forte sobre o assunto.

Tirando os franceses que, diz a lenda, fazem suas necessidades ao relento, todos os homens do mundo têm o hábito de nunca fechar a tampa do famoso "troninho" depois das necessidades. Não sei por que as mulheres acham isso inadmissível. Morro de pena daqueles sultões árabes que têm dezenas de esposas. Imagina, cada xixizinho do cara e ele tem que ouvir 65 reclamações diferentes.

Sinceramente, não sei por que isso incomoda tanto. É apenas uma tampa para baixar. Da mesma forma que elas preferem tampa fechada, a gente prefere aberta, pô. Nenhum homem reclama do contrário. A gente entende as mulheres.

Tá na hora de elas entenderem a gente. Por isso, mulheres, aprendam: nós, homens, nunca fechamos nada. Porta, embalagem, janela e, consequentemente, tampa de privada. Desculpem, mas não dá pra mudar isso. Tá no sangue.

Basta reparar num vestiário masculino. É tudo aberto. O cara toma banho num lugar que nem tem porta, faz xixi ao lado de todo mundo, se troca na frente da galerinha e não tem problema algum em fazer o número 2 de porta aberta.

Bem diferente de vestiário feminino, onde a mulher toma banho numa cabine, faz xixi numa outra, se troca em mais outra. Imagino um presídio feminino igual a um spa.

O que me deixa intrigado é que, diferentemente do homem, a mulher não liga nada em ver a outra pelada. Nós não. Parecemos um bando de robôs se enxugando. Olhar fundo e reto, sem desviá-lo em hipótese alguma para ninguém pensar besteira. Mesmo que caiam 100 reais da sua toalha, você não pode desviar o olhar por nada no mundo. Mas, no final das contas, somos nós, homens, destinados a conviver pelados uns com os outros.

A regrinha das coisas fechadas não se aplica só em vestiário. Por exemplo, quer coisa mais difícil pra gente do que fechar algum plano de celular, matrícula de academia ou qualquer outra coisa que precise fechar? Pelo contrário. É mais provável a gente mudar para um mais caro do que fazer isso. Já disse: o homem não consegue fechar nada. As casas só têm porta porque lá dentro existe uma mulher. Pela gente, tudo bem se fosse tudo abertão mesmo. Motel é a mesma coisa. Com certeza a gente não se incomodaria de estar lá com a mulher e de repente aparecer alguém num quarto ao lado, sem portas. Quer apostar quanto que o suingue foi invenção de um homem?

Mais exemplos: quem lembra de fechar a janela quando chove? A mulher. Quem fecha os carros no trânsito? Mulher. Quem abre pote de palmito? O homem. Mas quem fecha? A mulher. Quem fecha tampa de panela? Mulher. Quem abre e atrapalha todo o processo? Homem.

O homem só fecha porta de carro para mulher nos primeiros encontros. Mas aí não conta. Porque o objetivo é abrir outra coisa.

OS PELOS

Já o fato de as mulheres odiarem homens peludos, eu até entendo. Até eu, como homem, não me conformo com isso. DEUS, POR QUE DIABOS TEMOS PELOS? Não têm função alguma.

Diz a Bíblia que no sexto dia Deus criou o homem. E, após uma exaustiva semana criando o planeta, no sétimo dia, ELE descansou. Isso explica por que Deus é brasileiro. Afinal, deixou pra fazer o homem de última hora. E também explica por que nascemos com essa praga chamada pelos e não perfeitos como era esperado.

Foi apenas um descuido de quem passou o sétimo dia inteiro descansando sem reparar que essa porcaria crescia na gente. Só pode ser.

A menos que você seja ator da novela das sete, ninguém gosta de ostentar pelos. Não agrada na estética, muito menos na funcionalidade. Literalmente, só servem pra encher o saco. É uma espécie de raiz que não para de brotar em você: perna, barriga, peito, rosto e, na maior sacanagem divina de todas, no ouvido. Tanto não tem função que a mulherada não tem barba e nem pelo no peito e todo mundo tá feliz da vida assim. Por que só o homem não evoluiu e vive hoje em dia com pelo?

Fazer a barba, depilação, raspar peito. Tá cheio de gente hoje em dia fazendo isso. Viu pelo, saca fora. Então por que ter em nosso corpo algo que a gente passa a vida inteira tirando? Ninguém sente vontade de tirar um dedo da mão, por exemplo. E olha que a gente tem 10. Dou importância a cada um deles. Mas pelo, não. Quem gosta de pelo é depilador.

Antes que apareçam aqui os especialistas explicando a função, já me defendo. Só vou concordar que pelo protege do frio no dia que encontrar o Tony Ramos andando sem camisa em Gramado.

Outra coisa que Deus errou: na criação da unha. Pense que ELE criou o ser humano dotado de uma "arma" que dilacera, corta, arrebenta e rasga para, no fim das contas, ver as pessoas pintando com esmalte. Antigamente, o homem usava as unhas para lutar, hoje é para abrir lata de extrato de tomate?

AS ESPINHAS

Outra sacanagem divina: criar a espinha para o peixe. Eu até gosto de peixe. Sério, acho um alimento gostoso, saudável, nutritivo. Inclusive acho que é o melhor animal de estimação que existe. Ele fica lá na dele o dia inteiro, quietinho, não enche o saco de ninguém. Pode ver: o peixe, quando tá com fome, não dá faniquito e nem fica batendo a cara no aquário pra chamar a atenção. Ele simplesmente não come, vira e morre. Essa é a vida de um peixe. Faz de tudo para te deixar em paz.

Pois então, os peixes tinham tudo para ser perfeitos, não fossem suas espinhas. Por que raios os desgraçados têm espinhas? Injusto. Se eles tivessem ossos, a vida seria bem diferente. Mas não, nada no mundo poderia ser perfeito. Eles já são ótimos, algo ruim têm que ter.

Quer ver? Vai em restaurante a quilo. Tirando o franguinho assado, nada mais vem junto de ossos, cartilagem e espinha. Só o peixe. E frango assado ainda tem o lance de ter aquele ritual de comer a coxinha segurando no ossinho. Tem gente que adora e isso passa a ser uma qualidade. Agora, perna de boi, bunda de boi, costa de carneiro, cabeça de lagosta, virilha de camelo, nada disso enche seu saco durante a refeição. Nenhum outro alimento. Só o peixe. É um sacana. Se a balança deflagrou 200 gramas de peixe, pode ter certeza: 80% é de espinha.

Aconselho a todos a nunca comerem peixe em lugares públicos. Peixe só em casa. Você senta no restaurante, feliz da vida, e aquilo que era para ser uma refeição, vira um tormento. Quem não sabe que você está comendo peixe acha você um louco doente que enfia toda hora a mão na boca e fica passando o dedo na língua.

O pior é disfarçar. Guardanapo na boca de duas em duas mordidas? Quer enganar quem? Nem dogão com purê suja tanto a boca assim. Ah, o guardanapo é por educação? Bacana, ninguém vê nada saindo da sua boca, mas vê seu prato ao lado de 67 guardanapos amassadinhos com pedacinhos de comida. Isso sim é educado.

Se é pra ferrar tudo, ferra de uma vez só, caramba.

E quando você enche a boca e de repente percebe que tem uma espinha em algum lugar? Fica a dúvida: engole o que dá até só sobrar a espinha ou enfia a mão na boca pra tentar achar a dita-cuja? Você sempre opta pela primeira opção. Daí dá mais uma mordida e vê que não dá. Vai ter que usar o procedimento porcão. E até achar, lá se vão os guardanapos. Resumindo: você se enche tanto de catar espinha dentro da boca que larga uma posta inteira no prato para não fazer mais feio. Por isso que peixe é comida chique: chique não come quase nada.

E outra: nem adianta tentar tirar as espinhas ali no prato. Murphy é amigo dos peixes. Você vai encontrar uma espinha custe o que custar. É até pior tirar no prato, porque aí você se sente confiante na hora de comer e quando menos espera, tcharam, ela tá na sua garganta e você já pensa: "Morri, tchau, uma espinha de 3cm me derrubou. Eu sou um bosta." Olha isso: os peixes conseguem ser os únicos animais que matam depois de mortos. Será que é porque a vida inteira eles são tachados de bundões? Tipo, é uma vingança divina?

Fala sério, na cadeia alimentar inteira, desde plânctons até bactérias só acontece isso com os peixes. Nunca vi um boi se engasgando com a grama ou um leão se engasgando com uma zebra. Se viesse agora um dinossauro e engolisse você inteiro, ele não se engasgaria com nada seu. É muito injusto.

O pior não é nem eles tentarem estragar sua vida de algum jeito. Duro é saber que, mesmo assim, tenho amigos que os veneram e ainda me obrigam a "tratá-los" com um talher especial.

AS ATENDENTES DE LOJA

Aliás, por que somos amigos de tantas pessoas que não têm nada a ver com a gente?

Existe alguém no mundo que não tenha um amigo sequer? Um colega, que seja... Chato, arrogante, metódico, serial killer, depressivo. Não importa a sua personalidade, sempre existe alguém com algo em comum para virar seu parceiro. Até a Suzanne Richtofen consegue ter amigos. Não sei se amigos que dormiriam na casa dela, mas amigos.

A melhor época pra fazer amizade é quando você é criança. Nada é problema, tudo é motivo.

– Seu caderno é do Bob Esponja? O meu também. Vamos ser melhores amigos pra sempre?

Quando você é adulto, fazer amizade já é mais complicado. Muita coisa influencia. Tudo é motivo para ser problema.

– O seu carro é uma Pajero? O meu também. Paga-pau.

Por isso, se você não fez suas amizades durante a infância, não se preocupe. A internet é a sua segunda chance. Ainda mais com essa quantidade brutal de sites de relacionamento existentes por aí. É só escolher os amigos de acordo com o perfil.

– Putz, o cara tá na comunidade queremos Yakult de 2 litros. Eu também queria Yakult de 2 litros. Como esse cara não é meu amigo?

Agora, se nem pela internet você conseguir fazer um amigo, ainda existe a terceira e última chance. No caso, a mais infalível: vá a uma loja de roupas.

Basta pisar lá que você vai encontrar os atendentes. Ou, em outras palavras, os melhores amigos da sua vida inteira.

Eles não te conhecem, não sabem nada da sua vida, mas durante o tempo gasto ali na loja, você é a melhor pessoa do mundo. Se você é mulher então, pior ainda. Dão apelido carinhoso, dizem alguma coisa sobre você ser muito linda ou muito magra. Reparam no seu corte de cabelo e até mesmo naquele seu relógio fantástico, que, por sinal, combina muito com a nova coleção que acabou de chegar na loja.

Atendente:
– Oi linda, qual seu nome mesmo?
Mulher:
– Renata.
Atendente:
– Então RÊ, tenho aqui uma blusinha que o seu namorado vai amar.
Mulher:
– Mas eu não tenho namorado.
Atendente:
– Que absurdo. Linda e gente boa desse jeito? Mas fica tranquila que com essa blusinha agora você vai ter vários.
Mulher:
– Quem disse que eu quero namorar?
Atendente:
– É isso aí.

Perceba que ela é muito sua amiga, mas não manja nada da sua vida. Tão íntima que não vê nada demais em abrir o provador enquanto você está ali se trocando. Se ela não estivesse lucrando contigo, seria mesmo muito gente fina.

Atendente:
– Rêeee... Tava vendo aqui essa saia? Ia ficar ótima com a sua blusinha. Testa só. Aproveita e experimenta essas outras 14 calças.
Mulher:
– Mas eu só quero a blusinha.
Atendente:

– Então vou te trazer mais 13 outros modelos de blusinha. Vai arranjar vários namorados com elas.

Mulher:

– Quem disse que eu quero namorar?

Atendente:

– É isso aí.

Daí ela despeja um milhão de roupas no provador e fica dançando as músicas que tocam na loja, toda hype e descolada. Daí, de repente, vem a pergunta que mais me irrita.

– Rê!!! Você precisa de ajuda?

Sim, a Rê precisa de ajuda para colocar a blusinha. Aliás, sempre que a Rê for usar essa blusinha em casa, vai precisar da atendente ao lado. No mínimo um manual de instruções de como colocar a manga e fechar o botão. Eu, hein? A única forma de fazer as atendentes terem raiva de você é entrar na loja, esperar ela te atender e você sair. Assim ela perde a vez.

Pior do que elas, só mesmo garçom de restaurante chique. Não pela amizade forçada, mas por serem a espécie animal mais prestativa do planeta. Caiu o guardanapo, eles pegam pra você. Caiu o talher, eles pegam pra você. Acabou a água, eles colocam pra você. Não duvido que, se uma mulher estilo Sharon Stone tirar a calcinha durante o jantar, o garçom apareça colocando de volta. É preciso tomar muito cuidado porque eles prestam atenção em tudo que você faz ou fala na mesa. Se você é da máfia, recomendo nunca jantar em um lugar desses. A menos, é claro, que queira fazer novos amigos.

Enfim, acho que amizade tem a ver com confiança.

– Aquele ali tem tudo a ver comigo, mas é capaz de comer minha mulher. Então não é meu amigo. Já aquele ali é matemático, eu sou pagodeiro... ele nunca comeria minha mulher... é meu amigo.

A CONFIANÇA

Sempre achei que esse lance de confiança mudaria com o tempo. Quando eu era criança, vivia me perguntando por que ninguém acreditava em mim. Não podia fazer nada de extraordinário que alguém sempre duvidava.

– Vó! Eu consegui voar.
– Pai, eu fiquei invisível por 12 minutos.
– Mãe, liguei pro Bozo e mandei ele ir praquele lugar.

Minha palavra não valia nada. Pior não era isso: não acreditavam em mim nem quando eu tinha justificativas. Quem quebrou o vaso? Mesmo não sendo eu, era eu. Quem sujou a sala? Eu. Quem matou Odete Roitman? Eu. Se fosse criado um julgamento para esses tipos de situações, nem o melhor advogado do mundo conseguiria livrar uma criança da culpa.

– Olha, júri. Pelas manchas de mão na parede, deduzimos que nosso réu é inocente, já que ele tem apenas 1,39m e a mão aparenta ser de alguém com mais de 2,35m.

– Hummmm... belo ponto. Mas não importa. A criança é a culpada!

Apesar de esse tipo de coisa me irritar bastante, sempre tive esperança de que, no futuro, as coisas seriam bem diferentes. Engano meu.

Passados alguns anos, ainda sofro do mesmo problema: ninguém acredita em mim. E não estou falando de mulher ciumenta e nem de chefe fiscalizador. É qualquer coisa mesmo.

Dia desses liguei para o meu banco. No que o funcionário atende, já pergunta meu nome. Respondo Maurício e explico o motivo da minha ligação. Desnecessário. Ele não tá nem aí. Ele só quer saber se eu sou o

Maurício mesmo. Nada é mais importante. Daí pede para eu confirmar meu endereço. Tudo bem, segurança é importante e ele precisa saber se eu sou o tal Maurício. Confirmo meu endereço e ele pede para eu confirmar agora o meu telefone. Okay, okay, chato, porém compreensível. Confirmo meu telefone e ele pede para eu confirmar meu RG. Ah não, peraí: já confirmei três informações. Acredite, eu sou o Maurício. Será que eles ainda desconfiam que eu sou um ladrão? Aliás, que tipo de ladrão é esse que decora o nome, endereço, telefone, mas chega na hora do RG, se confunde todo? Existe uma situação do tipo?

– Rarrá!!! Peguei você, seu ladrãozinho. Caiu no velho truque do RG. Nenhum ladrão sabe o RG.

– Droga, droga! Me pegou! Eu tinha decorado tudo. Não imaginava que você ia pedir o RG. Droga!

Aí depois desse interrogatório todo, eles, enfim, passam você para um atendente que resolve seu problema. Mas não sem antes perguntar tudo de novo: confirmação de nome, endereço, telefone... Jesus, vamos ganhar tempo. Podia ser direto:

– Oi, senhor. Sabe seu RG? Não? Então você é um ladrão. Tchau.

Ou

– Sabe seu RG? Legal, então te ajudo, mas ainda estou desconfiado. Estou te testando. Qualquer deslize, desligo o telefone, hein?

Até a máquina do banco desconfia de mim. Ou será que só eu me irrito quando ela pede para inserir o cartão novamente? Deus do céu, eu passei faz 30 segundos. Pra que passar de novo? Será que eles trabalham com a probabilidade de um bandido roubar meu cartão, usar uma vez e antes de sacar o dinheiro me devolver? Daí quando eu já tô longe dali, a máquina pede o cartão novamente e o bandido se arrepende.

– Não acredito! Não devia ter devolvido o maldito cartão. Agora não consigo sacar. Só posso tirar extrato.

A internet consegue ainda ser pior em matéria de confiança. Tudo na internet precisa ter uma senha pessoal, que, por sinal, não tem nada de pessoal.

– Para sua segurança, só são válidas senhas com 6 dígitos, que contenham 4 números de 0 a 2 e duas letras que podem ser ou T ou M.

Poxa vida, se é pra minha segurança, ninguém melhor do que eu pra escolher a minha sequência. Eles fazem de tudo pra nenhuma outra pessoa decorar a sua senha. E dá resultado: porque eu mesmo não consigo decorar. Daí acontece o de sempre: você fica com 568 senhas diferentes porque não pode ter uma única pra tudo.

Se não bastasse o sacrifício para digitar a sua senha, existe o sacrifício para decifrar os antispans. Nunca acerto de primeira. Nunca sei se é um zero ou um "O". Nunca sei se a letra é minúscula ou maiúscula. A única coisa que sei é que, pra entender aquelas letras, só médico consegue acessar sites. Se você se formou em medicina, taí mais uma função: escrever mensagens de antispam.

E isso não é metade: tudo que você faz precisa mostrar RG ou algum documento antes. Vou começar a agir assim com os outros. Da próxima vez que alguém pedir para eu dar uma olhadinha na barraca enquanto vai até o mar, na volta eu vou falar:

– Senhora, pode me confirmar o seu CEP?

Por sinal nunca entendi essa fissura das empresas com o meu CEP. Por que eu preciso sempre confirmar essa porcaria? Acho que isso é uma ação de marketing dos correios pra você decorar os números.

Porque, pra mim, CEP não tem função. Falam que é pra identificação do lugar. Ué, mas pra isso não existe o endereço? Ou será que tem alguém que sabe de cor o CEP, mas não faz ideia do nome da rua?

– Eu moro na 01318-002.

Minha implicância com o CEP é que por causa dele eu sempre perco alguma oportunidade, deixo de preencher algum cadastro etc. Se isso acontece comigo, fico imaginando com um diplomata que muda de endereço quase todo mês. Será que ele nunca se matricula numa academia?

A MUDANÇA DE APARTAMENTO

Recentemente, passei por uma dessas mudanças. Pequena. Acredito que existem tipos diferentes de mudança. Mesmo bairro, tirar um móvel aqui, outro ali, mudança pequena. Sair de cidade, vender tudo, comprar coisas novas, mudança grande. Já a minha era daquelas tão pequenas que carreto só é necessário se você não tem saco de levar uma cama nas costas. No meu caso, eu não tive foi costas mesmo. Tudo correu bem, foi barato, rápido e, como sempre, alguns móveis riscaram. Aliás, é incrível a capacidade que esses carretos têm de só riscar as partes dos móveis que ficam expostas. Só para todo mundo perguntar: por que você não levou a pé? Certeza que não iria riscar.

Bom, e foi após essa mudança que eu percebi uma coisa: somos extremamente dependentes de coisinhas, parafusinhos e cabinhos para vivermos melhor. Na boa. Coisas que você na hora da mudança nem pensa em guardar, mas depois que muda para um novo local percebe o quanto aquilo era importante. Por exemplo, não dá pra abrir lata com o dente, nem lavar roupa sem um cabinho que sustenta o varal, muito menos ver televisão sem aqueles fios todos. E, sim, você vai encontrar função para aqueles adaptadores de antena. E benjamim? Guarde todos eles, se quiser continuar sendo alguém.

Mudar de apartamento realmente é um recomeço. O que era um armário agora é só madeira e parafuso. A sua vida realmente muda de verdade. Quer um baita exemplo? Programação de TV. Como eu não me precavi com tanto detalhezinho, fiquei sem antena coletiva. Para pagar esse pecado grave que cometi, alguém lá de cima me deu direito às programações de TV Aberta.

Como à noite preciso de um estímulo para pegar no sono, costumo ver um pouquinho de TV antes de dormir. Canal aberto é sinônimo de tranqueira? Grande equívoco. Nunca demorei tanto para pegar no sono. Gente, esses canais são o máximo. Ninguém repara neles, coitados, mas são muito bons. Mudaram minha vida.

Sério, se você acha que programa de ação é esse tipo de seriado bobo com um negão e um branquelo virando dupla policial, é porque nunca viu os programas de produtos que existem por aí. Aqueles que mostram grelhas, polidor de carros, travesseiros que massageiam, sabe? Aquilo sim é emocionante. Pra não dizer humilhante.

Repara só. Não existem mocinhos e bandidos. Mas existem os espertalhões e os babacões. Cada um tem um grupo. Daí chega o apresentador, que está no grupo dos espertalhões, e promove uma espécie de competição entre as pessoas. Algo do tipo quem faz mais rápido algum tipo de coisa. Os babacões são sempre os caras que usam outro produto que não seja o anunciado. E daí começa a humilhação.

– Opa, parece que meu churrasco está pronto. E o seu Alaor?
– Nossa, o meu nem começou a esquentar.
– Olha lá, hein. O seu pessoal vai ficar com fome.

Aí o que perde fica desesperado se lamentando. Afinal ele é um babaca. Não usa o produto anunciado.

– Ô Alaor, desse jeito o pessoal vai embora do seu churrasco – fala o apresentador depois de retirar um imenso e suculento pedaço de carne do ultra, mega, supercozinhador de carne.

Por que ele não usou o produto certo, meu Deus? É tão prático, econômico. Seria ele um dinossauro do churrasco? É o que parece. Nesse momento, as pessoas que estavam no grupo do Alaor vão pra mesa do apresentador. Olha a que ponto chegamos. Um pedaço de carne mais rápida e ganhamos um rapaz humilhado que tinha boa vontade de servir os amigos. Quer dizer, ex-amigos.

Amigos de verdade tem o cara que usa o produto. Claro, ele é muito mais esperto, seguro de si, confiante. As pessoas precisam disso num amigo. Não um cara que leva 10 minutos assando uma linguiça. Esse já era.

Isso sim é algo legal pra se ver na TV. É muito mais a vida real. Que graça tem você se interessar por um carinha que resolve todos os problemas do mundo, explodindo o mundo? Você nunca vai ser assim. Mas você pode ser o cara da churrasqueira moderna. Você pode causar frisson assando uma linguiça. Nada de explosões, sangue, manchas. Até porque existe uma camada de gordura que não deixa isso acontecer.

Este tipo de programa consegue reunir todos os pecados capitais ao mesmo tempo: inveja, ira, gula, cobiça, luxúria e por aí vai. Tá tudo ali. E se é pecado capital, vale o nosso interesse.

Bom, minha TV voltou a funcionar normalmente. Nada mais tem graça. Cadê o pessoal competindo pra ver quem limpa mais rápido o carro? E o babaca que não consegue dormir porque não usa o tal travesseiro? E a espertalhona que está cheia de amiga porque consegue limpar a casa rapidinho? Eu preciso desse tipo de coisa. Isso me faz feliz. É a desgraça real das pessoas. Somos movidos a isso, caramba. É muito bom ver o cara se contorcendo de ódio porque não quis gastar míseras três parcelas de R$78,90 para uns óculos que não deixam passar nenhum raio infravermelho. Agora tá lá, com o olho todo ardendo enquanto o amigão desfila cheio de loiras dos anos 80.

O REALITY SHOW

E você perdendo tempo com a "vida real" do Big Brother. Que de reality show não tem nada, né? Afinal, qual pessoa com mais de 20 anos reúne 15 amigos para passar três meses numa mansão? Detalhe: todos com corpos torneados, solteiros e em números certinhos de casais.

Como faz sentido chamar de reality um programa que mostra pessoas brincando de corrida do saco para garantir a comida da semana? Você, por acaso, já foi no Pão de Açúcar, entrou na sacola de compras, começou a correr e levou uma lasanha pra casa?

– Olha, seu gerente, eu fiz o percurso em dois minutos. Mereço levar a comida da semana.

Não, isso nunca aconteceu. Então não me venham dizer que o BBB é reality show. Ou então, quando foi a última vez que alguém ganhou um carro, só porque aguentou ficar mais tempo dentro dele?

No réveillon eu passei quase oito horas dentro de um, com o mesmo número de pessoas, e o máximo que ganhei foi uma multa. Pensando bem, o BBB tá mais pra irreality show.

Reality show seria mostrar o pessoal indo trabalhar de saco cheio e pegando três conduções pra chegar ao trabalho. Aquele que conseguisse fazer o percurso em São Paulo em menos de 45 minutos seria o líder da semana. Já o que chegasse ao trabalho, fosse xingado pelo chefe mal-humorado e ainda voltasse para casa com sorriso na cara seria o anjo. Faria muito mais sentido.

Cada dia que passa, mais chego à conclusão de que o BBB tá mais pra novela, sabia?

É só reparar na quantidade de personagens e dramas que sempre são criados. De um lado temos a pobrezinha, que nasceu no sertão, não teve dinheiro para os estudos, mas teve para colocar silicone e fazer lipo.

Dentro da casa, diz que o sonho dela é comprar um imóvel para a família. E faz questão de frisar que tem a vida sofrida:

– Ai, gente. Aqui tem muita fartura, né? Bom demais. Diferente de quando fui escrava no Camboja e só comia urubu. Sofri muito pra hoje tá aqui. Uhuuu.

Acaba o programa. Ela sai da casa do BBB, aparece na *Playboy* e em todas as festas. Os pais continuam morando no sertão.

Do outro lado temos a riquinha de família bem-sucedida. Modelo, atriz, trabalhou na Europa, entrou no Big Brother porque tinha pistolão de alguém. Mas que faz questão de mostrar o tempo todo que ela é do povão e tem muitos valores.

– Bom, o meu voto eu ainda não sei pra quem vou dar. Tô nervosa. Ralei muito pra chegar até aqui, sabe? Acho que vou votar em mim mesma, porque aqui só tem gente do bem.

Temos também aquela que é a pior pessoa do mundo. Mas na frente das câmeras…

– Gente, eu acordei de muito mau humor hoje. Não quero conversar com ninguém, tá? Mas juro que no meu dia a dia não sou assim. Tô até me estranhando. Tenho vários amigos, sempre se divertem comigo. As crianças me adoram. Uhuuuu.

Tem a personagem clássica, conhecedora de todas as câmeras da casa. Trabalha no banco, mas aproveita que está sendo filmada para mostrar seu potencial artístico. Afinal, os diretores estão vendo tudo. Geralmente quer aparecer o tempo todo. Lava a louça declamando Shakespeare, toma banho cantando axé. Quando sai da casa, faz duas pontas em um programa B e só aparece na TV para comentar programas de fofoca. É a famosa "ela fez o BBB?".

Não podemos esquecer do bombado da pegação. É o mais desejado pela mulherada. Quer pegar todo mundo, o tempo todo. Pra ele a casa é uma micareta. A diferença é que no fim ele não pega ninguém. Não importa a temperatura, vive sem camisa. É o primeiro a fazer Uhuuu e sai nas primeiras semanas.

Em compensação tem aquele que vai pro BBB arrumar namorada. Dá dois dias e ele se apaixona por alguém. Sofre por ela, chora e, quando consegue namorar, usa isso a seu favor:

> **– As pessoas querem enfraquecer o casal. Isso é muito injusto. A gente precisa ficar junto aqui. Mas, se eu sair, vou te esperar lá fora. Eu te amo mais do que o amor é capaz de amar.**

Com raras exceções, o namoro acaba dois meses depois. Não entendo: namoro de BBB é o único que dá certo com os dois vivendo na rotina. Quando eles têm a oportunidade de ir para um cinema, acaba.

Temos também a vítima social. De algum jeito ele tem que estar lá porque é considerado minoria. Se não se preocupasse em levantar bandeira, poderia conseguir muito mais simpatizantes. Até porque não é a cor ou a opção sexual que determinam o caráter e a simpatia de alguém. Mas ele não pensa assim:

> **– Gente, eu tô pedindo os votos de toda a comunidade gay do país... porque somos minoria. E o BBB precisa ter um representante gay. É mais que um voto, é uma conquista. A comunidade gay precisa mostrar isso pro Brasil.**

Nada contra ninguém, mas creio que os gays se orgulhariam muito de ter um presidente gay, um vencedor de Oscar gay, um vencedor do Prêmio Nobel gay. Agora... um BBB gay?

Não tem como negar que o grande objetivo dos participantes é aparecer. E só. A grana é ótima, mas nada é tão gratificante quanto ter os benefícios que as celebridades têm. Sendo celebridade, você tá sempre a salvo de vários problemas. Afinal, você tem sempre um remédio pra botar a culpa.

O REMÉDIO

Apareceu no ar ao vivo trôpego e falando coisas sem sentido? Efeitos de um remédio.

Foi encontrado no meio de um voo xingando toda a tripulação? Motivo: efeitos de um remédio.

Foi pego dentro de uma loja roubando artigos de decoração? Remédio...

Hora ou outra vejo notícias de celebridades americanas aprontando nas baladas. Mulheres sempre sem calcinha clicadas "sem querer" no momento em que abrem as pernas num ângulo de 180 graus. Sem querer, claro. Afinal a mulher leva horas em frente ao espelho pra se trocar e esquece justo da calcinha. Dizem que a calcinha marca. Acho o contrário. Andar sem calcinha é que marca. Enfim, adivinhe você qual é a causa de andar sem calcinha por aí? Ele mesmo, o tal remédio.

Pergunta: afinal que remédio é esse? E por que ele só é receitado para quem é celebridade? Afinal de contas eu nunca tomei um remédio desses. Nunca peguei uma bula de remédio onde estava escrito:

Efeitos colaterais:

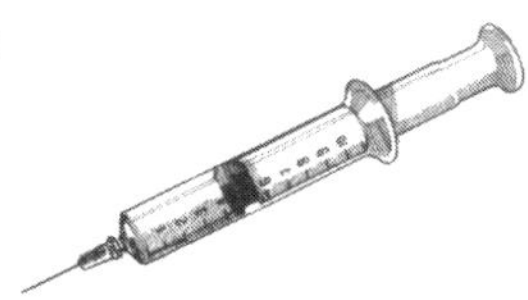

- **Vontade de espancar paparazzi.**
- **Náuseas, vômitos e faz você andar sem calcinha.**
- **Causa visões duplas, excitação e bafo de vodca.**

Ou por acaso você já ouviu alguém comentando que a Praça da Sé tá cheia de moleque muito louco de comprimido? Já ouviu falar em traficante indo até a Tylenolândia? Claro que não. Porque só famoso conhece.

O fato é que esses tais remédios viraram desculpa para qualquer coisa. Já pensou se nós, seres humanos normais, pudéssemos usar essa desculpa no nosso dia a dia?

– Desculpa meu atraso de seis horas, chefe. Eu tomei um remédio.

– Nem precisa de bafômetro, seu guarda. Tô na contramão porque tomei um remédio.

– Nosssssssa, tô facinha hoje. Vou dar pra todo mundo. Tomei um remédio.

Imagine o caos se esse remédio não ficasse em poder apenas das celebridades. Os hospitais, por exemplo, virariam uma espécie de rave. Todo mundo saindo doidão dos prontos-socorros, socando segurança, quebrando raio X. Provavelmente você seria atendido na Tenda Otorrino, Tenda Ginecologia, entre outras.

Se essa moda do remédio pegar, daqui a pouco vão surgir leis proibindo as pessoas de ficarem doentes. Você vai ao teatro com um Cataflam e pode acordar preso no outro dia. Ou campanhas publicitárias com o mote "Se ficar com dor de garganta, não dirija".

Tô até vendo as pessoas no HA, Hipocondríacos Anônimos.

– Meu nome é Arnaldo e já estou há seis semanas sem tomar Novalgina. Atchin.

Já que só famoso toma, tô achando que esse tal remédio é, na verdade, algum Shake dietético.

Outra coisa que acho bizarra nesse mundo de celebridades é que... Peraí... Hã?... Oi?... Ah, já deu minha hora? Caramba, perdi totalmente a noção. Putz, foi mal. Gente, meu tempo aqui era de 100 páginas. Já passei umas 25 e nem me liguei. É a primeira vez que faço um show por aqui. Me empolguei.

Antes de ir nessa, queria agradecer a todos que ficaram até o final. Principalmente aqueles que não usarão este livro como peso de porta ou de papel. Aproveito para também dizer que tô pra lançar um livro de verdade. Serão histórias realmente engraçadas, nada a ver com o que falei até aqui.

Tomara que seja meu primeiro sucesso. Aí só vai ficar faltando eu plantar a árvore e ter o filho.

Bom, gente. Mais uma vez obrigado e até breve.

Maurício Meirelles

CENA III

DIZENDO TCHAU

Agradecimentos

Rapidinho, rapidinho. Antes de ir nessa eu preciso agradecer a muita gente.

Aos meus maiores incentivadores: Mãe, Pai, Emily.

Aos meus maiores inspiradores: vô Luiz, vó Ivete, Rafael, Fernanda, Bia, Marina, Beto, Léo, tia Carminha, tio Paulo, tio Ganem, tia Eliane, tio Ronaldo, tia Sandra, tia Yvone, Maria, Mário, Margareth, Socorro, Calixto, vô Carlos, Carla, tio Xan, Fernanda Meirelles, Flávia Meirelles, seu Alex, Nelly, Ellen, Erika, Karen, Lili, Marcos, galera do Moema, galera da Cásper, galera da Lowe, galera da NovaS/B e galera da Talent.

Aos meus maiores influenciadores: os amigos do A Divina Comédia Stand Up, Seleção do Humor, Comédia Ao Vivo, Comédia em Pé, Clube da Comédia, ImproRiso, Senta Pra Rir, Santa Comédia, Comédia Carioca, Tripé da Comédia, Improvável, Santa Dose, Segundas Cômicas, As Comédias de Todos Nós, Comédia na Cara, Comédia na Veia, Stand Up Express, Macatranja, Iquiririm, MultiStudio, iG, Ediouro, Legendários e todas as dez pessoas que dizem ser minhas fãs.

Muito obrigado por este livro.

Maurício Meirelles

Fim da palhinha do Oscar Filho

Iniciado na página 18.

Se você não está lendo este livro no computador, quer dizer que você não fez o download. Parabéns! Quer dizer que você comprou ou alguém o fez por você. Parabéns outra vez!!! Ganhou um ótimo presente ou fez uma ótima aquisição. Se você está lendo numa livraria, nem pense em usar o lance de escanear como inspiração. Isso é crime! Mas se você não tem grana, eu posso resolver o seu problema.

A maioria das livrarias hoje em dia proporciona um conceito bastante interessante para atrair compradores que é colocar várias poltronas no recinto. Seja mais sagaz que pessoas que não entendem esse conceito e as usam pra tirar uma soneca.

A dica é: ***NÃO COMPRE O LIVRO!*** Vá se sentar e leia o quanto puder. Amanhã, ou outro dia que tiver mais tempo, volte pra ler o resto. Ele é simples, divertido e rápido de ler. Agora... se não tem uma livraria dessas na sua cidade... acho que isso que você anda morando não é uma cidade, está mais pra vilarejo. *

Talvez você esteja pensando: "Nossa, o cara tá ensinando como ler o livro de graça! Vai queimar o filme com o autor?" Dane-se! O Maurício nem vai ler. E outra: eu não estou ganhando nenhum "mango" pra escrever isto.

Apesar de eu encorajar a não compra deste livro, o mérito dele é ser o primeiro lançado no Brasil que se vale da linguagem do stand-up comedy para desenvolver os tópicos. Foi escrito em alto estilo e a linguagem está muito bem representada em suas páginas.

Estou muito feliz e grato, pois fui convidado para participar de algo que apoio totalmente e me orgulho de fazer parte. Boa leitura! (Ou bom show, sei lá.)

* Por meio desta nota, a editora comunica que não compartilha da opinião de Oscar Filho. No entanto, em respeito à liberdade de expressão, o texto original foi preservado. Mas COMPRE, SIM, ESTE LIVRO, POR FAVOR!!!

Este livro foi composto em Minion 11/16 e impresso pela
Ediouro Gráfica sobre papel offset 90g/m²,
para a Ediouro em junho de 2010